KB190340

온 가족이 함께 여는 동심의 세상

아주 특별한 여행

온 가족이 함께 여는 동심의 세상

아주 특별한 여행

초판 1쇄 인쇄일 2021년 1월 5일
초판 1쇄 발행일 2021년 1월 10일

지은이 진수영
그 림 심영희
펴낸이 양옥매
디자인 임흥순 임진형
교 정 조준경

펴낸곳 도서출판 책과나무
출판등록 제2012-000376
주소 서울특별시 마포구 방울내로 79 이노빌딩 302호
대표전화 02.372.1537 팩스 02.372.1538
이메일 booknamu2007@naver.com
홈페이지 www.booknamu.com
ISBN 979-11-5776-991-9 (03810)

이 도서의 국립중앙도서관 출판예정도서목록(CIP)은 서지정보유통지원
시스템 홈페이지(http://seoji.nl.go.kr)와 국가자료종합목록시스템
(http://www.nl.go.kr/kolisnet)에서 이용하실 수 있습니다.
(CIP제어번호 : CIP2020055116)

이책은 경상남도, (재)경남문화예술진흥원으로부터 발간비의 일부를 지원받았습니다.

아주 특별한 여행

글 **진수영** · 그림 **심영희**

책과나무

작가의 말

'어린아이의 마음'을 뜻하는 단어, 동심. 동심은 성장하는 정서에 꼭 필요한 비타민과 같아서, 자연 속에서 함께하다 보면 자신도 모르게 즐거워집니다. 급박하게 돌아가는 현실 속에서 아이들과의 동행은 무엇보다 행복한 일이지요. 그래서 저는 동심이야말로 삭막한 현실을 서로 소통하는 방법의 하나로, 가장 좋은 수단으로 믿습니다.

그런데 요즘 세계는 코로나 19라는 우연히 찾아온 손님을 맞느라 혼란합니다. 우리 아이들도 스마트한 시대에 둘러쌓인 나머지, 동심을 잃고 살아가고 있습니다. 모두가 힘들겠지만, 어른의 보호가 필요한 아이들을 한번 바라보길 바랍니다.

아동문학을 통해 아이들과 함께 어울리며 소통할 수 있는 계기를 만들고 싶었습니다. 그래서 이 국난의 시기에 이 책이 따뜻한 마음을 전하는 메시지로 다가갔으면 합니다. 독자님의 깊은 관심과 애정을 담아 아름다운 동행으로, 동심의 세상을 함께 열었으면 하는 바람입니다.

이 책이 나오기까지 애써 주신 장영주 소장님, 이달균 회장님, 심영희 작가님, 문인협회 회원님, 그 외 여러 선생님께 감사합니다. 그리고 작가의 길을 걸을 수 있게 격려해 준 우리 가족에게도 고마움을 전합니다.

차례

작가의 말_5

1부 마음을 살찌우는 동심의 세계로

마음을 열면 행복해요_10

둥지 잃은 아기 매_37

봄이의 초원_52

우린 이겨 낼 거야_72

아주 특별한 여행_86

2부 온 가족이 함께 여는 동심의 세상

어떻게 말할까_112

바다의 소망_130

성윤이의 성장 일기_165

소통하는 방법_184

가을동화_215

*

1부

마음을 살찌우는 동심의 세계로

마음을 열면 행복해요

슬픈 예감

해가 서쪽 하늘로 기웃기웃 넘어갈 때쯤이었어요.

꼬마잠자리 한 마리가 지친 듯이 날개를 휘저으며, 힘없이 강아지풀 위에 털썩 주저앉았어요.

강아지풀 선생님은 가슬가슬한 수염을 다듬고 있다가 깜짝 놀랐어요.

"꼬마잠자리야! 잠자리야!"

그런데 꼬마잠자리는 아무런 대답이 없었어요.

'어? 꼬마잠자리가 이상하네. 날개를 다쳤잖아. 무슨 일이지?'

꼬마잠자리는 순간 정신을 잃고 말았어요.

'약물에 중독된 것 같은데….'

강아지풀 선생님은 조심스레 치료를 시작하였어요. 탈수 증상이 심해서 링거도 주고, 날개의 상처가 빨리 아물도록 찢어진 곳은 기워 주었지요.

강아지풀 선생님은 소꼬리 마을에서 유일한 의사랍니다. 처음 강아지풀 선생님이 이사 왔을 땐, 가슬가슬한 수염 때문에 성격도 까칠해 보여서 아무도 좋아하지 않았어요.

그런데 같이 지내고 보니, 털털한 성품을 가진 데다 봉사심이 강해서 다들 좋아하게 되었지요. 오늘처럼 갑자기 찾아와도 짜증 한 번 낸 적이 없으니까요.

치료를 받고 난 꼬마잠자리는 편안하게 잠이 들었어요.

한참 후, 강아지풀 선생님의 깨우는 소리에 꼬마잠자리가 정신이 드는지 움직였어요.

"꼬마잠자리야! 정신이 좀 드니?"

강아지풀 선생님이 안도의 미소를 지으며 말했어요.

"네… 그런데, 여기가 어디예요? 강아지풀 선생님."

겨우 정신이 든 꼬마잠자리는 강아지풀 선생님의 목소리를 듣고 눈을 떴어요.

"강아지풀 선생님! 제 친구들 좀 도와주세요!"

정신이 돌아오자마자 꼬마잠자리는 친구들이 걱정되었어요.

"그래, 얘기해 보렴. 어떻게 먼 곳을 혼자 왔니? 여긴 밤이 되면 무서운 곳이란다."

"윗마을 코스모스 동산에 친구들이랑 즐겁게 놀면서 가는데, 들판을 지날 때쯤 갑자기 고약한 냄새가 났어요."

꼬마잠자리는 강아지풀 선생님께 오늘 있었던 이야기를 들려주었어요. 놀라움에 울먹이며 겨우 말을 이었어요.

"처음엔 개천 길을 따라 즐겁게 갔어요. 한참을 가는데, 장수잠자리가 벼꽃이 피는 걸 보고 싶다고 해서 들판을 가로질러 갔어요."

"음, 그랬구나!"

"그런데, 고약한 냄새가 점점 더 심하게 나더니 속이 매스껍고

어지러웠어요."

"그래! 많이 당황했을 텐데, 무사해서 정말 다행이구나."

강아지풀 선생님은 아이들의 상태에 대해 알기 위해, 꼬마잠자리를 보며 그때 상황을 더 자세히 물었어요.

"앞서가던 흰나비가 냄새를 맡고 볏잎에 살짝 내려앉더니, 갑자기 우리를 보며 큰 소리로 말했어요. '너희들 다 괜찮니? 난 숨을 쉴 수가 없어! 우리가 길을 잘못 든 것 같아. 이 마을은 친환경 마을이 아닌가 봐. 어서, 피하자! 서둘러!'"

꼬마잠자리는 그 순간 친구들이 하는 말들이 악몽처럼 떠올라 너무나 고통스럽게 느껴졌어요.

"흰나비는 어서 피하자고 말을 하며 자기를 따라서 오라고 하더니 훌쩍 떠났어요. 다른 친구들은 다들 도망가는데, 배추나방이 도망을 가지 않는 거예요."

"응, 저런…."

"배추나방한테 왜 그러고 있냐며 얼른 피하자고 했는데, 어지러워 죽을 것 같다고 정신 좀 차려서 갈 테니 먼저 가라고 했어요. 정말이지 머리가 너무 아프고 토할 것 같아 죽을 것만 같았거든요. 으흐흐흑…."

꼬마잠자리는 친구들이 힘들어하면서도 겨우 도망가는 걸 보고 그 자리를 피해서 이곳까지 왔다는 이야기를 들려주었어요.

강아지풀 선생님도 심각한 표정으로 듣다가도 괜찮을 거라며 꼬마잠자리를 토닥여 줬어요.

"'다들 정신 차려서 빨리 이곳을 피하자!' 이 말을 듣는 순간, 친구들은 사방으로 흩어져 어딜 갔는지 몰라요. 으흐흐흑!"

꼬마잠자리는 배추나방이 도와 달라고 했던 말이 이제야 떠올랐어요.

배추 나방은 주로 밤에 다니는 걸 좋아하는데, 모처럼 낮에 놀러 나오다 보니 세상이 너무 예쁘고 기분이 좋아서 즐거워하던 모습이 떠올라 꼬마잠자리는 가슴이 너무 아팠어요.

"그때 마침 배추나방이 저에게 도움을 청했는데 전 비겁하게 도와주지 못하고 혼자 도망쳐 왔어요."

'난 날개를 펼 수 없어! 꼬마잠자리야! 도와줘!'

친구들의 목소리와 배추 나방의 목소리가 메아리치듯이 귓전에서 윙윙거려 견딜 수가 없었어요. 무엇보다 배추나방의 말을 뿌리치고 혼자 도망쳐 나온 것이 마음에 걸려서 자신을 원망했어요. 정말 미안하고 또 친구들이 보고 싶어 걱정이 많이 되었어요.

"강아지풀 선생님! 제 친구들 괜찮겠죠. 으흐흐흑!"

"그럼 괜찮고말고! 아무 일 없을 거야."

"배추나방이 나와 친구 해 줄까요? 난 왕따는 싫어요. 으흐흐흑!"

꼬마잠자리는 배추나방을 도와주고 싶었지만, 자신도 위급한 상황이라 도와줄 수가 없었어요.

그 대신 꼬마잠자리는 주위에 도움을 청하려고 했지요. 그런데 꼬마잠자리도 어지러워 볏잎에 찔려서 그만 날개를 다친 상황이라 누굴 도와줄 처지가 안 되었지요.

'엄마가 우리 마을을 벗어나면 위험하다고 했는데… 엄마가 걱정할 텐데…. 으흐흐흑!'

꼬마잠자리는 엄마가 고개 너머 마을은 위험하니 가지 말라는 말을 귀담아듣지 않았어요.

꼬마잠자리는 후회했어요. 그리고 친구들과 엄마가 무척 보고 싶었어요. 집이 그리워 눈물이 자꾸 흘렀어요.

'아! 집에 가고 싶다. 친구들은 무사하겠지? 무사해야 할 텐데….'

라며 걱정이 많았어요.

지금 꼬마잠자리가 사는 화담 마을은 농약을 전혀 쓰지 않은 친환경 마을이어서 다들 부러워하는 마을이랍니다.

마을 전체의 모습이 꽃과 같은 모습이라 하여 '화담 마을'로 부르게 되었지요. 사람들도, 동물들도, 과일나무도, 꽃들도, 잡초들도, 청정 들녘이라 마음 놓고 살 수 있는 곳이니까요.

그런데 이름과는 다르게 사람들의 인심은 후하지가 않았어요. 화담 마을 사람들은 아이들이 다른 마을의 아이들과 어울려 노는 것도 싫어했지요. 그러다 보니 아이들은 다른 곳에서의 사정을 잘 몰랐어요.

강아지풀 선생님은 꼬마잠자리를 꼭 안아 주면서 말했어요.

“걱정하지 마! 괜찮을 거야. 내가 화담 마을 소식을 알아보마.”

강아지풀 선생님은 이웃에 사는 개똥벌레 친구를 불러 도움을 청했어요.

“자네가 화담 마을 좀 다녀와야겠네.”

“아랫마을… 또, 무슨 일이 생겼나 보군! 밤이 되면 자네도 알지 않은가. 밤에는 달콤한 사랑을 위해 짝을 찾아야 하는걸.”

개똥벌레 아저씨는 약간의 투정 어린 말투로 말했어요.

“자네! 농담할 때가 아니야.”

“도대체 무슨 일이 생겼기에 이렇게 귀찮게 해?”

“응, 지금 화담 마을 아이들에게 일이 생겼어. 부탁 좀 하겠네! 화담 마을 아이들 소식을 알아봐야 해. 약물에 중독되면 아주 위험해!”

“뭐라고? 그렇다면 얼른 다녀오겠네.”

개똥벌레 아저씨는 마을 이장님께 마을을 지키는 자율 방범대원 아저씨들의 도움을 청해 급히 화담 마을로 갔어요.

‘아무 일 없어야 할 텐데….’

개똥벌레 아저씨가 불을 밝히면서 힘차게 날아갔어요.

개똥벌레 아저씨가 불을 밝히자 온 사방에 있던 개똥벌레들이 다 모여들었어요. 순식간에 주위는 환해졌고 화담 마을 아이들을 찾기 위해 힘을 모았어요.

사실 개똥벌레 아저씨는 가인숙녀 개똥벌레들의 사랑을 독차지 하는 아주 멋쟁이거든요. 개똥벌레 아저씨는 예전에도 가끔 있는 일이라며 흩어져서 찾아보자고 말했어요.

"몇몇은 하천 둑길로, 몇몇은 동산 길로, 몇몇은 무리를 지어 아이들이 쉽게 찾을 수 있게 불을 밝혀 주십시오. 그리고 몇 분은 저를 따라오셔서 화담 마을을 밝혀 주세요."

개똥벌레 아저씨가 화담 마을에 입구에 들어서자 아이들을 찾느라 마을 전체가 소란스러웠어요.

"흰나비야!"

"배추나방아!"

"장수잠자리야!"

"꼬마잠자리야!"

개똥벌레 아저씨가 마을에 도착하자, 소식을 궁금해하는 사람들로 왁자지껄했어요.

개똥벌레 아저씨는 꼬마잠자리의 근황을 말해 주고는 모여서 아이들을 찾기 시작했어요. 소식을 듣고 온 윗마을 코스모스 아저씨와 해바라기 아줌마가 아이들의 이름을 목청껏 불렀어요.

그러나, 아무리 찾아도 아이들은 보이지 않았어요. 너무 지쳐서 배추나방 엄마는 기절까지 했어요. 장수잠자리 엄마도 목이 다 쉬

었고요, 흰나비 할머니는 울기만 했어요.

꼬마잠자리 아버지와 장수잠자리 아버지는 온 힘을 다해서 아이들을 찾으러 다녔어요.

괜찮을 거야

계절은 막 가을에 접어들어 밤에는 조금 추웠어요.

밤하늘에 별빛도 마을의 분위기를 알아챈 건지 환한 달빛을 내려 줬어요. 화담 마을이 어둠을 뚫고 사방이 환해지자, 숲속에 사는 새들도 푸드득 날개를 펴며 투덜댔어요.

"누가 불을 밝히는 거지? 우리는 자야 하는데…."

까마귀가 말했어요. 참새들도 작은 날개를 파닥이며 안절부절 가지들을 옮겨 다녔어요.

소나무 숲에서 독수리가 먹이 사냥을 하러 마을까지 내려온 탓에 새끼 새들은 아직도 겁에 질려서 아무 말도 못 했어요.

부엉이 할아버지가 마을 소식을 비둘기한테 전해 듣고는 걱정되어 있던 터라, 투덜거리는 까마귀에게 야단을 쳤어요.

"이 녀석들아! 마을이 온통 난리 통과도 같은데 마을에 불행한 일이 있으면 서로 걱정하는 마음을 가져야지, 그렇게 행동해서 되겠냐!"

"내일은 경계가 더 심해서 먹이 찾기 힘들겠다 싶어 그렇죠!"

까마귀는 조금 미안한지 머리를 쓱쓱 긁으며 말했어요.

"내일은 밭에 곡식이나 먹으러 가야겠어요. 마을 경계가 허술해서 먹이 찾기 한결 수월할 것 같긴 한데, 저도 아이들은 걱정이… 된다고요. 부엉이 할아버지!"

비둘기도 덩달아 한마디 하고는 피곤한지 잠이 들었어요.

사실 마을 일이라면 사사건건 참견하며 이 말 저 말을 옮겨 말썽을 일으킨다고 눈총을 받아서인지, 오늘만큼은 모른 척하고 싶은가 봅니다.

어느새, 밤하늘에 별님들은 총총한 빛을 거둬들이는 시간이 가까워졌어요. 마을 사람들은 아무리 목청껏 부르며 샅샅이 찾아도 아이들의 흔적을 찾지 못하였어요.

"아이들은 무사할 테니 너무 걱정하지 말아요."

개똥벌레 아저씨가 맥 놓고 있는 사람들을 향해 말했어요.

"지금 고개 너머 찾으러 간 사람들이 좋은 소식을 가지고 올 테니 우리 조금만 더 기다려 봅시다."

"더는 아이들을 찾으러 다니는 건 위험할 것 같습니다."

이 말을 듣던 아이 부모들은 넋 놓아 아이들 이름을 부르며 망연자실 기다릴 수밖에 없었어요.

자정이 한참 지나 새벽이 올 때쯤, 개똥벌레 방범대원 아저씨들로부터 연락이 왔어요.

"아이들은 모두 무사히 소담 마을에서 치료를 받고 있습니다. 밤이 너무 어두워 그만 돌아올까 하다가 행여나 소담 마을로 가 봤더니, 길을 잃고 쓰러져 있던 아이들을 지나가는 사람들이 소담 마을 병원으로 데리고 갔다고 해서 확인하고 오느라 늦었습니다. 아이들은 무사합니다. 다행히 아이들이 약물에 심하게 중독되지 않았습니다."

이 말을 듣는 순간, 마을 사람들은 안도의 한숨을 내쉬며 이제야 한시름 놓았지요.

그런데 갑자기 마을이 또 웅성거리며 난리가 아니었어요. 날이 밝아 오면 개똥벌레 아저씨들은 날개를 펼 수가 없어, 할 수 없이 알려만 주고 급히 소꼬리 마을로 갔어요.

소담 마을은 고개를 두 개 넘고 넓은 개울도 건너야 갈 수 있는 제법 먼 곳에 있어요. 또한, 이곳은 장애인들이 많이 사는 곳이지요.

그래서일까요? 화담 마을 사람들은 이곳을 지나거나 이곳의 사람들이 다른 마을에 나타나면 얼굴을 찌푸리며 아주 싫어하지요.

"어휴, 냄새. 왜 씻지도 않고 다니지?"

"그러게요! 그 마을엔 수돗물도 나오지 않나 보죠."

어쩌다 옆자리라도 앉을 때면,

“저리 가서 앉아요!”

우연히 같은 버스라도 타는 날이면, 유독 화담 마을 사람들은 소담 마을 사람들을 좋은 시선으로 보진 않았어요. 다들 한마디씩 던지는 말들은 좋은 인사가 아니라 비쭉비쭉 놀리며 무시하는 투였지요.

하지만 소담 마을 사람들은 늘 친절했어요. 누가 욕을 해도 비웃어도 항상 털털 털어 버리며 마냥 웃으니까요.

“어디들 다녀오세요?”

“저녁에 비가 온다는데 비설거지는 다 하셨죠?”

언제나 돌아오지 않는 인사말이지만 따뜻한 말을 건네는 쪽은 소담 마을 사람들이니까요.

소담 마을 사람들은 여러 마을에서 천대를 받다가 견디다 못해 하나둘 모여서, 비탈지고 비옥한 탕에다 마을을 이루었지요.

처음엔 정말 힘들었어요. 그래서인지 지금은 소담 마을로 이사를 오면 친절히 맞아 주지요. 인정도 많은 정말 화목한 마을이라, 입소문을 타고 몸이 불편한 사람들이 이사를 많이 온답니다.

그렇게 천대를 하던 소담 마을 사람들이 아이들을 돌보고 있다니 얼마나 기가 막힐까요. 당장 데리고 와야 한다며 목소리깨나 높이는 사람들은 고래고래 소리를 질렀어요.

"당장 아이들을 데리고 옵시다. 그렇게 지저분한 마을에 우리 아이들을 한시도 둘 수가 없습니다. 더는 지체하다간 아이들이 병이라도 옮으면 어떡해요. 요즘 조류 인플루엔자가 극성을 부리며 우릴 위협하는데!"

항상 도도하게 구는 꼬꼬 닭 아저씨가 말했어요.

그러자 옆에 앉아 있던 물오리 아줌마도 큰 소리로 한마디 거듭니다.

"나도 무서워요. 요즘 조류 인플루엔자 때문에 난 알도 조심스레 낳아요. 난 우리 아이들이 걱정되어 이만 가 봐야겠어요. 다행히 아이들도 무사하다니…."

고맙다는 말

물오리 아줌마도 뒤뚱뒤뚱 걸음을 옮기며 집으로 돌아갔어요.

마을 사람들이 웅성거리며 시끌벅적 소란스러워지자, 보다 못해 해바라기 아줌마와 코스모스 아저씨는 따끔하게 말했어요.

"화담 마을 주민 여러분! 어려울 때 도와주었으면 감사의 인사를 드려야지요! 아이들한테 무슨 일이라도 생겼을까 봐 걱정을 늘어놓은 게 조금 전인데 이렇게 고마움을 모르니! 원 참!"

해바라기 아줌마가 불만스러운 말투로 말했어요.

"그래요, 화담 마을 주민 여러분! 윗마을 사는 저도 아이들이 잘못되었을까 봐 걱정되어 만사 일을 제쳐 두고 왔는데, 무사하다니 얼마나 다행한 일입니까! 소담 마을에 대한 편견은 이제 그만들 하시고 날이 밝으면 감사의 인사를 드리세요. 아이들의 생명을 지켜 준 고마운 분들 아닙니까."

코스모스 아저씨도 한마디 하고는 집으로 돌아갔어요.

웅성거리는 소리가 처음보다는 많이 줄어들었어요. 아이들의 부모 중에 꼬마잠자리 아버지가 정신을 차리며 말했습니다.

"다들 우리 아이들한테 관심을 두시고 이렇게 힘을 합쳐 도와주셔서 정말 감사합니다! 지난날에는 우리와 다르다는 이유로 편견을 가지고 이웃에게 나쁘게 굴었어요. 또, 따돌려서 우리 마을을 스스로 떠나가게 했지요. 이 모든 일이 정말 부끄럽습니다!

이제라도 우리 마을은 다른 마을에 비해 넉넉한 편이니, 정을 베풀어 소담을 도와주고 싶습니다. 그 마을은 우리 마을과 달리 몸이 불편한 사람들이 많이 살고, 살림도 넉넉지 않다고 들었습니다. 자! 여러분 생각은 어떠합니까?"

꼬마잠자리네는 화담 마을에서 몇 손가락 안에 드는 부자인데요, 욕심이 너무 많아서 구두쇠라 부른답니다. 하지만 꼬마잠자리는 어른들과 다르게 정도 많고 착하다는 말을 자주 듣지요.

꼬마잠자리 아버지는 이번에 큰일을 겪어서인지 다른 사람처럼 보였어요. 반대하던 사람들도 찬성하게 되어서 소담 마을 사람들을 도울 수가 있게 되었어요.

"그럼 도와줘야 하고말고요! 우리 아이들을 이렇게 잘 돌봐 줬는데…."

배추나방 할머니도, 장수잠자리 엄마도, 흰나비 엄마도, 모두가 기뻤어요.

새벽이 찾아와 날이 밝는 대로 아이들에게 가기로 하고서 각자 집으로 돌아갔어요.

마을은 다시 예전처럼 평온해졌어요. 밤하늘에 달은 산마루에서 잠이 들고, 별님들도 밤새 빛을 밝히느라 힘들어 하늘이 쉬게 했어요.

다음 날이었어요.

서둘러 아침을 먹은 꼬마잠자리 아버지는 꼬박 밤을 새우며 소꼬리 마을로 달려갔어요. 그리고 꼬마잠자리를 보자 와락 껴안았어요.

“꼬마잠자리야! 괜찮니?”

“네! 아버지! 죄송해요! 으흐흐흑…. 무서웠어요! 으흐흐흑….”

“그래, 많이 놀랐지? 이제 괜찮아! 아버지가 있으니…. 자, 어서 서둘러야겠구나! 친구들이 소담 마을에 있다고 하니.”

“네? 소담 마을에요?”

“응, 그렇다는구나!”

“네, 아버지! 친구들이 보고 싶어요. 그런데 아버지….”

“응, 왜 그러니?”

꼬마잠자리는 친구들이 무사하다는 말만 들었지 어디에 있는지는 몰랐어요. 그래서 깜짝 놀랐어요.

“아버지, 소담 마을이라면 우리 마을 분들이 좋아하지도 않잖아요. 저는 소담 마을 분들이 좋은데…. 왜 그렇게들 싫어하세요? 이제 어떡해요! 친구들을 혼내실 건가요? 으흐흐흑….”

“아니다! 들어 보니 소담 사람들이 아니면 큰일 날 뻔했더구나. 너희들한테도 미안하구나! 어른들이 올바르게 지도했어야 했는데…. 그 마을 아이들과 이제라도 사이좋게 지내렴. 어젯밤에 소담 마을 사람들께 고맙다는 인사도 드리고, 그 마을에 도움을 주기로 했어."

"아버지, 정말 감사해요! 저는 소담 마을 분들이 좋아요! 어쩌다 길에서 만나면 정말 반갑게 맞아 주시는걸요."

화담 마을 아이들은 소담 마을 아이들과 친하게 놀고 싶어도 어른들께 혼날까 봐 같이 놀지도 못했으니까요. 그래서 꼬마잠자리는 기분이 좋았어요.

그때 강아지풀 선생님이 흐뭇한 표정을 지으며 말했어요.

"든든하시겠어요, 의젓한 자녀를 두어서! 많이 아팠을 텐데, 잘 견뎌 줬어요."

"선생님, 고맙습니다! 저의 아이를 치료해 주시고 돌봐 주셔서…."

"네, 호기심이 많은 아이라 다른 마을을 구경하고 싶었나 봐요."

꼬마잠자리 아버지는 강아지풀 선생님께 고맙다는 인사를 하고, 꼬마잠자리와 함께 마을로 향했어요.

소담 마을로 가는 길은 소꼬리 마을에서 반나절은 가야 도착할 수 있어, 꼬마잠자리는 화담 마을에 데려다주고 가려면 서둘러야 했지요.

꼬마잠자리 아버지는 마을 사람들의 의견을 모아서 소담 마을 사람들에게 필요한 도움을 주기 위해 정리하느라 힘들었어요. 무엇보다 먼저 소담 마을 사람들에게 필요한 것이 무엇인지 알아야 했거든요.

점심시간이 지나서야 도착한 꼬마잠자리 아버지는 마을 이장 댁을 찾아갔어요.

사람들이 마당에 나와 있었는데, 한눈에 봐도 소담 마을 사람들임을 알 수 있었어요.

"안녕하세요! 화담 마을에서 왔습니다!"

"아이들의 보호자 되세요?"

"네, 그렇습니다. 어제는 감사했습니다! 우리 아이들을 잘 돌봐 주셔서…."

"조금 전에 도착한 부모님들과 아이들이 병원에서 왔어요. 방에 있으니 들어가 보세요."

소담 마을 주민 한 분이 말씀하셨어요.

"네, 고맙습니다."

"얘들아! 무사했구나! 정말 다행이야."

"죄송해요, 아저씨! 걱정을 끼쳐 드려서, 으흐흐흑…."

장수잠자리가 고개를 푹 숙이며 말을 하자, 배추나방도 흰나비도 고개를 숙였어요.

"배추나방아, 괜찮은 거냐! 꼬마잠자리가 걱정을 많이 하더구나. 같이 오려고 했는데 몸이 다 낫질 않아서 좀 쉬라고 했어."

"네, 괜찮아요! 아저씨, 개똥벌레 아저씨로부터 소식 들었어요!"

"그래, 정말 다행이야!"

그리고 꼬마잠자리 아버지는 마을 분들께 허리를 굽히며 공손히 인사를 올렸어요.

"고맙습니다! 이 신세를 어떻게 갚아야 할지 모르겠습니다!"

"무슨 말씀이세요! 서로 아이 키우는 처지인데 그런 말씀 마세요. 아이들이 아무 탈 없이 돌아와서 얼마나 다행인지 몰라요."

소담 마을 이장님께서 말씀하셨어요.

"아이들이 많이 놀랐을 텐데! 놀라지도 않고 어른들과는 다르게 아이들은 우리를 잘 따르던 걸요. 하하하."

소담 마을 사람들도 지난날의 섭섭함은 온데간데없이 환하게 화담 마을 사람들을 맞았어요.

"그동안 무례하게 굴어 죄송합니다! 많이 뉘우치고 있으니, 너그럽게 용서해 주세요."

꼬마잠자리 아버지와 화담 마을 사람들이 고개를 숙이며 용서를 빌자, 소담 마을 사람들은 손뼉을 치며 앞으로 잘 지내자며 서로서로 손을 맞잡았어요.

"우리 화담 마을에서 필요한 물자를 제공할 테니, 이장님께서 말씀해 주시면 협조하겠습니다. 그리고 앞으로 결연을 하여서 잘 지내도록 합시다."

이 모습을 본 아이들도 즐거워 서로 부둥켜안고 기뻐했어요.

소담 마을 사람들은 화담 마을 사람들이 마음을 열어 줘서 너무나 감사했어요.

마을은 순식간에 모여든 사람들의 웃음소리로 가득 차, 하늘에 해님도 감나무에 앉아 염탐하던 비둘기도 활짝 웃고 있었어요. 마을 분들은 어찌나 가을볕이 좋은지 올해도 풍년일 거라며 무척 좋아했어요.

순간 부엌에선 맛있는 음식들이 한상 차려져 잔치도 벌였답니다. 두 마을의 화합이 많은 발전을 가져올 거라고 믿었어요.

큰 기대 속에 풍성한 가을빛은 매일매일 따사로워 두 마을의 화합에 참 행복하였습니다. 이제는 두 마을의 틈에서 삐걱거리는 소리를 듣지 않아도 되니까 말이에요.

둥지 잃은
아기 매

간밤에 태풍을 맞고 매 가족은 불안에 떨어야 했어요. 둥지를 감싸고 있는 커다란 나무가 마구 흔들렸거든요.

아빠 매는 둥지를 지은 커다란 나무가 흔들리자, 아기 매가 놀랄까 봐 안전한 곳으로 둥지를 옮겨야겠다고 생각하였지요.

"당신은 여기서 남아 애들이랑 있어요. 나는 안전한 둥지를 찾아보리다."

아빠 매가 말했어요.

그러자 엄마 매는,

"그러지 말고 애들 잠들면 같이 가요. 혼자보다는 둘이 낫잖아요. 길도 어두운데…."

아기 매가 잠이 들자, 부부 매는 안전한 둥지를 찾아 떠났어요.

"얘들아, 무서워 말고 자렴. 별일 없을 거야! 아빠와 엄마가 더 안전한 둥지를 알아보고 올 테니까 말이야."

부부 매가 둥지를 떠나자, 아기 매는 둥지가 흔들거려 도저히 잠을 잘 수가 없었어요. 밤은 점점 깊어지고 태풍은 그칠 기미도 보이지 않았거든요.

첫째 아기 매는 동생들이 걱정되어 살펴보니, 다행히 무사했어요. 한숨을 돌리고, 부모님이 빨리 돌아오기를 기다렸지요. 그런데, 또 둥지가 지진이 일어날 것처럼 흔들거리더니 이번엔 홀라당 날아가 버렸어요.

정말 눈 깜짝할 사이에 벌어진 일이지요.

"엄…마야…! 살려 주세요. 살려 주세요."

첫째 아기 매의 소리에 놀라 깬 두 아기 매도 정신을 잃었지요. 아무리 울부짖어도 소용이 없었어요.

"큰누나, 갑자기 왜 이래? 무서워 죽겠어. 작은누나는 괜찮아?"

"아이, 살 떨려! 엄마 아빠는 왜 이렇게 늦으시지? 무슨 변이라도 당한 건 아니겠지? 무서워, 언니!"

동생 매는 무섭다며 야단이었지요.

"얘들아, 꼭 잡아! 떨어질라. 어…, 어…."

그 순간 첫째 아기 매가 중심을 잃고 둥지에서 그만 떨어지고 말았어요.

"큰누나!"

"언니!"

두 아기 매는 바람에 날려 어디론가 사라져 버렸고, 첫째 아기 매만 중심을 잃은 채 할아버지 밭두렁에 툭 떨어졌지요.

"너무 아파요! 살…려…주세요! 누구…없어요?"

아무리 소리를 질러도 태풍이 몰아쳐서 아무도 듣질 못했어요. 어찌나 높은 곳에서 떨어졌던지, 온몸이 상처투성이가 되었지요.

할아버지도 평소보다 일찍 눈이 떠졌지요. 아직 밭에 나갈 시간은 아닌데도 말이에요. 간밤에 분 태풍에 농작물 피해는 없는지 걱정이 되었지요.

진돌이도 할아버지가 밭일을 나가자, 꼬리를 흔들며 따라나섰어요.

할아버지는 진돌이의 머리를 한번 쓰다듬고는 평소처럼 지게를 지고 말이에요.

"진돌아, 너는 여기 있거라."

할아버지는 진돌이를 밭 아래에서 쉬게 하였어요. 예전처럼 밭에서 두더지랑 장난치며 뒹굴다가 씨앗들이 아프다고 소리를 질러서 일을 못 하게 하였지요.

'이 망할 놈의 태풍이 농작물을 다 망쳤네.'

할아버지는 허리가 아파 잠시 쉬려고 밭두렁에 앉으려는 순간,

아기 매를 발견하였어요.

알에서 깨어난 지 삼 일도 안 된 신생아지요. 둥지에서 떨어지면서 알이 깨진 듯했어요. 풀숲 사이로 떨어져 있어 자칫했다가 밟힐 뻔하였지요.

"얘야, 어미는 어디 가고 혼자 이러고 있느냐?"

아기 매는 놀라 도망가려고 했지만, 너무 어려서 날갯짓도 못하였어요.

"할아버지, 도와주세요! 너무 무서워요. 간밤에 태풍이 불어서 우리 집이 날아갔어요. 동생들이 보이지 않아요."

그러고는 맥없이 꼬꾸라졌어요.

할아버지는 서둘러 매 형제를 찾아야겠다고 생각했어요.

발채(지게에 얹어 짐을 싣는 데 쓰는 소쿠리 모양의 물건) 속에 풀을 깔고 아기 매가 다치지 않게 깔아 주었지요. 지게막대로 걸어서 뱀이나 들쥐가 들어가지 못하게 하고는 주위를 살폈어요.

나뭇가지 사이로 엮인 가시넝쿨 위로 샅샅이 뒤적이며 온 사방을 찾았지만, 아기 매 가족은 보이지 않았어요. 들쥐와 뱀이 득실거리는 시기라 잡아먹혔다고 생각하였지요.

"얘야, 아무리 찾아봤지만 허사로구나. 얼른 가서 뭘 좀 먹자꾸나. 이대로 있다가는 너마저 큰일 나겠어."

할아버지는 손바닥으로 밭을 파헤치며 작은 벌레들을 잡아다가 아기 매에게 먹였어요. 입을 벌릴 기운도 없어 할아버지가 입을 벌려서 입안에 넣어 주었지요.

"할아버지, 맛있어요. 배가 정말 고팠거든요."

"얘야, 여기 가만히 있거라. 다시 가서 네 형제를 찾아보마."

할아버지는 지게를 옮겨 나무 그늘에 두고는 또 찾아 나섰어요.

아기 매는 먹이를 먹고 나더니 정신이 들었는지 동생들을 불렀어요. 기운이 없어 맥이 풀린 소리였지만, 할아버지 귀에는 너무나 애처롭게 들려 가슴이 아팠어요.

'도대체 어디로 간 거냐. 아무리 찾아도 없으니 원.'

할아버지는 바위에 걸터앉아, 진돌이의 도움을 받아야겠다고 생각했어요.

"진돌아! 진돌아!"

마침 진돌이는 밭에 들어가면 밭작물을 망친다며 할아버지에게 야단을 맞아서 저쪽 아래서 쉬고 있었어요. 진돌이는 할아버지의 부르는 소리에 단숨에 올라와 꼬리를 흔들었어요.

"할아버지, 불렀어요?"

"오냐, 이 어린 매가 가족을 잃었나 보구나. 이 할아버지가 아무리 찾아도 없으니 진돌이가 도움을 좀 줘야겠구나."

"염려 마세요, 할아버지. 제겐 일도 아닌걸요."

진돌이는 아주 영리합니다. 발채 속에 있는 아기 매의 냄새를 맡더니, 휑하니 숲길로 가 마주 쏘다니며 코를 벌름벌름 거리며 냄새를 맡았어요. 그러더니 진돌이는 떠나갈 듯 소리를 지르며 찾았다는 신호를 하였어요.

할아버지는 급히 그쪽으로 가 보았어요. 정말 진돌이는 아기 매의 가족을 앞발로 지키고 있었어요.

"할아버지, 여기 있어요. 두 마리 맞지요?"

진돌이는 꼬리를 살살 흔들며 할아버지 무릎을 핥았어요.

할아버지는 진돌이의 머리를 쓰다듬으며 칭찬을 하였어요.

"애야, 놀라지 마렴. 너희 가족이 있는 곳으로 데려다주마."

"할아버지, 감사해요."

낯선 할아버지가 아기 매는 무섭지 않았어요.

할아버지는 조심스레 손바닥 위에 올려, 놀라지 않게 감싸며 말했어요.

"진돌아! 얘들 어미가 어디 있는지 찾을 수 있겠느냐?"

"네, 할아버지. 제가 저 위에서 찾아볼게요."

진돌이는 할아버지의 말씀대로 산 위를 쏜살같이 달려갔어요.

한참 후, 진돌이는 숨을 헐떡이며 달려왔어요.

"할아버지, 아무리 찾아도 없어요."

"그래, 애썼구나."

할아버지는 아기 매를 발채 속에 넣고는 흙을 파서 작은 벌레들을 잡아 아기 매에게 먹였어요.

"할아버지, 우리 가족을 찾아 주셔서 정말 감사해요."

아기 매는 조금씩 기운을 차리기 시작하였어요.

"나보다는 저기 진돌이가 고생을 많이 하였지. 밤이 되면 이곳은 위험하니 안전한 곳으로 가야겠구나."

"네? 어디를요, 할아버지."

"응, 우리 집으로 가자꾸나."

진돌이는 그동안 할아버지의 사랑을 독차지하다, 아기 매에게 사랑을 빼앗길까 봐 기분이 좋지 않았어요.

"진돌아! 네가 잘 돌봐 주렴. 얘들은 이곳이 많이 낯설 테니 말이야."

할아버지는 진돌이를 쓰다듬어 주며 말했어요. 진돌이는 꼬리만 흔들 뿐 대답이 없었어요. 할아버지는 묻는 말에 대답을 안 하면 꼭 두 번 물으시는 습관이 있지요. 그래서 진돌이는 억지로 대답하였어요.

"네, 할아버지."

"아이쿠, 우리 착한 진돌이!"

할아버지는 아기 매가 족제비의 먹이가 되지 않도록 그물로 울을 막아 주었어요.

할아버지는 아기 매 가족에게 이름을 붙였어요.

그래야 건강하게 빨리 자란다면서 말이에요. 오늘부터는 '매순이'라 부르겠다고 하였지요.

할아버지가 집을 비울 땐 진돌이가 매순이들을 지켰어요.

진돌이가 얼마나 잘 지키냐면요, 할아버지네 새 가족이 생겨서 궁금해하는 이웃들도 아예 근처도 못 오게 하지요. 매순이가 사람들과의 접촉을 민감해하기 때문이에요.

할아버지는 먹이를 찾아 주느라 바빴어요. 날이 갈수록 먹는 양도 늘어나고 무럭무럭 자랐어요.

할아버지는 너무 힘이 들어서, 낚싯집에서 파는 물고기 먹이를 한 아름 사 오셨어요. 그것을 본 할머니는 기가 막혀 하셨어요.

"영감, 어쩌자고 새들 먹이를 저렇게나 많이 사셨소 그래."

"음, 매순이가 먹는 양이 엄청나구려. 그 녀석들, 먹이를 어찌나 맛있게 먹는지…."

"매순이에게 어미도 있을 텐데 이젠 그만 산에다 놓아 주구려."

할아버지는 어미 매가 새끼 매를 영원히 못 찾을까 걱정이 되어, 하루에 한 번은 꼭 그곳에다 매순이 가족을 놓아두었지요.

할머니의 말씀을 듣고 곰곰이 생각하던 할아버지는,

"매순아, 이제는 너의 어미를 찾아야 하지 않겠느냐."

"할아버지, 우리가 버거우세요?"

"그건 아니다마는, 매순이 날갯짓도 배워야 하는데 걱정이구나."

이젠 제법 날갯짓도 하며 가까운 거리는 날아다녔어요.

"할아버지, 연습을 매일 하고 있어요. 동생들도 같이요."

"그러냐? 정말 다행 아니냐. 날개를 다치지 않았으니 말이야."

할아버지는 매순이 가족이 커 갈수록 걱정이 늘어만 갔어요.

"매순아, 오늘도 너희들을 그곳에 데려다줄 테니 목청껏 어미를 불러 보아라. 너의 아비도 너를 애타게 찾을지도 모르고…."

매순이는 할아버지가 그곳에 데려다줄 때면 엄마 아빠를 목 놓아불렀어요. 이젠 제법 날갯짓도 하지요.

희한하게도 매순이가 울면 산새들은 조용했어요.

"누나, 왜 우리가 울면 산새들이 조용하지?"

"맞아, 언니. 우리가 울면 신나게 놀던 새들이 모두 조용해. 왜 그럴까?"

"할아버지가 그러는데, 새들은 우리를 무서워한대."

"누나, 우리 부모님은 우릴 알아볼까?"

"당연하지. 꼭 우리를 찾아올 거야."

매순이 가족은 어미 새를 찾을 날을 기다리며 하루하루를 보냈지요.

하루는 할아버지가 밭일을 갔다 오는데, 엄마 매가 머리 위를 날고 있었지요. 저 매 중에 매순이 어미가 있었으면 하고 내심 기대를 하였지요.

그래서, 하루는 매순이를 산 중턱에다 놓아두었어요. 그런데, 매는커녕 참새 한 마리도 볼 수가 없었어요. 할아버지는 오늘도 걸렸구나 싶었지요.

"매순아, 오늘도 허사로구나."

할아버지는 발채 속에 매순이를 넣고 그물만 쳐서 놀게 하였어요. 어찌나 재미있게 노는지, 할머니는 정신이 없었어요.

"매순아, 왜 그러냐?"

"할머니, 동생들이 밖으로 날아가려고 해요. 할아버지가 아직은 안 된다고 하셨는데도."

"매순아, 언니 말을 잘 들어야지."

"할머니, 좁아요. 날갯짓도 잘 못하겠어요."

진돌이가 놀래서 매순이들 곁으로 와서 골이 떠나갈 듯 짖어 댔어요.

할아버지가 들일하시다 놀라서 집으로 오셨어요. 매순이를 보며 할아버지는 조금만 참으라며 곧 뒷골 산에 놓아주겠다고 말씀하셨어요.

그날 오후에는 매순이 가족이 너무나 조용했어요.

해가 서쪽 산마루에 걸칠 무렵이었어요.

할아버지는 쇠죽을 끓이려고 아궁이에 불을 지피고 있었어요. 그런데, 매 두 마리가 헛간 아궁이 뒤쪽에서 찢어질 듯한 목소리로 발채 위를 돌며 울었어요.

"얘들아! 엄마야, 엄마. 엄마가 왔어!"

매순이는 단번에 엄마인 줄 알았어요.

"엄마! 아빠!"

"내 사랑스런 새끼들. 그래, 아빠도 왔어."

매순이도 덩달아 울어 댔어요.

할아버지는 어미 새가 찾아왔나 싶어 그물을 걷어 주었어요.

매순이가 한눈에 봐도 어미 새가 틀림없었어요. 매 가족은 기뻐서 어쩔 줄을 몰라 했어요. 할아버지는 매순이와 헤어지기 싫었지만, 건강하게 자연으로 돌려보낼 수 있어서 정말 좋았어요.

"할아버지, 우리 애들이에요. 이렇게 건강하게 돌봐 주셔서 감사해요."

어미 매는 고개를 수도 없이 숙이며 고맙다는 인사를 하였지요. 독수리한테 잡혀서 겨우 도망쳐 나왔다면서 말이에요.

"음, 어쩌다가 애들과 헤어져서 생고생을 하였누?"

"나쁜 뻐꾸기가 우리 새끼들을 밀어내고 자기 알을 우리 둥지에 낳아서 우리 새낀 줄 알고 키웠는데, 아니잖아요."

괘씸했지만, 키운 뻐꾸기 아이들이 숲을 지키며 소식을 알려 줘서 더 빨리 찾을 수 있었다고 하네요. 부부 매가 새로운 둥지를 찾아 떠날 때는 아기 매가 부활하기 전이라 전혀 알지 못했답니다.

"안전한 둥지를 찾았다는 생각에 태풍을 무릅쓰고 만들었는데,

무서운 독수리가 날아드는 바람에 빼앗기고 말았지 뭐예요. 이렇게 살아 돌아와 우리 아이를 만난 것만 해도 천운이지요."

아기 매는 엄마 품에 안겨서 꼼짝도 하지 않았어요.

"족제비한테 먹혔나 포기를 하고 살았는데, 어제 숲에서 노는 아이들이 우리 애들인지도 모른다 싶어 할아버지를 따라와 봤어요. 부랴부랴 찾아 헤매다가 산중턱에서 우는 울음소리를 듣고 알았지요."

어미 매는 훌쩍 커 버린 아기 새를 깃털로 만지며, 밤새도록 안아 주었어요.

할머니도 기뻐서 매 가족을 보며 흐뭇해하였지요.

"영감, 매순이 보내고 허전해서 어찌 살아요?"

"허허, 매순이가 가족을 만나서 정말 다행이지. 다행이야."

할아버지는 매순이와 정이 많이 들었지요.

이제 아침이면, 발채 속에 매순이 흔적만 남아 있겠지요? 그 기분을 알기에 진돌이가 할아버지의 무릎을 핥으며 꼬리를 흔들며 비볐어요.

"진돌아! 매순이 잘 지켜야 한다. 물론 어미가 있어 잘 지키겠지만 말이야."

"할아버지, 매순이 부모님이 얼마나 사나운데요. 저를 잡아챌 듯이 노려보는 모습만 생각해도 꼬리가 서는걸요."

진돌이도 매순이와 헤어질 생각으로 짠합니다.

"진돌아, 너도 무서운 것이 있다니 우습구나!"

할아버지의 웃음도 예전 같지 않았어요. 매순이는 이제 저 높은 하늘을 힘차게 날아다니며 세상 구경을 실컷 하겠지요. 엄마와 아빠의 보호를 받으며 행복하게 말이에요.

어느덧 아침이 되어, 매순이 가족은 할아버지와 할머니께 작별 인사를 하였지요. 떠나기가 아쉬운 듯 매순이는 몇 바퀴나 집 주위를 돌다가 힘차게 하늘 높이 날아올랐어요.

순간 할아버지의 볼에는 눈물이 흘렀어요. 잘 가라며 두 손을 흔들었지요. 매순이의 행복을 빌면서 말이에요.

봄이의 초원

옛날 옛적 이곳에는 칠년대한(오랜 가뭄)의 가뭄에도 물이 마르지 않는 유일한 마을이 있었지요.

온 나라가 가뭄 때문에 굶어 죽는 사람이 늘어나자, 임금은 신하를 시켜 물이 솟을 만한 곳을 알아보라 하였지만 허사였지요. 그래서 임금의 마음은 시커멓게 타들어 갔어요.

종자를 터트릴 만한 장소가 없으니 나라 안에서는 씨앗을 심지 못했거든요. 곡식을 얻지 못하여 백성들은 몇 년째 굶주림에 시달리고 있었으니까요.

그러던 중, 임금이 우연히 순회하다가 깊고 깊은 산중에 화랑도의 말 훈련장을 발견하였어요. 이곳은 나라에 종자를 퍼트렸다는 전설의 마을이지요. 지금도 자연의 왕국으로 아주 평화로운 지상

낙원이랍니다.

사슴이 탁 트인 초원을 뛰어다니고, 파란 하늘을 오르며 날갯짓하는 새들은 마냥 즐겁지요. 억새도 덩달아 신이 나서 초원을 달리는 듯 일렁이는 모습이 장관이랍니다. 봄이의 주말농장은 바로 이 초원에 있어요.

"억새 아가씨! 조금만 있으면 꽃이 피겠어요?"

"네, 지난 가뭄에 힘들어 꽃을 피우지 못하면 어쩌나 걱정했는데, 다행히 피울 수 있어 저도 좋아요."

억새 아가씨는 더 많은 억새꽃을 피우기 위해 숨 쉴 새 없이 기지개를 켜요. 이곳은 집 주위로 둘러싼 울타리만 넘으면 노루와 다람쥐 등 온갖 동물들을 다 만날 수 있지요.

밤이 되면 별빛은 달님과 소곤소곤 얼마나 정다운데요. 함께 어둠 속에서 더 밝게 빛을 내려, 주위를 환하게 비추지요. 그래서 밤에 활동하다 길을 잃어도 쉽게 집으로 찾아갈 수 있어 참 고마워합니다.

봄이는 잔디 위에 벌러덩 누워 하늘을 봅니다. 구름은 하늘을 스케치하듯 금방 그려 한껏 날립니다.

"봄이야! 여기 좀 보렴. 짐승들이 먹을 풀들이 쑥쑥 자라는구나."

아버지는 농장 주위로 동물들이 마음 놓고 풀을 먹을 수 있게 씨앗을 뿌려 주었어요. 조금이라도 농장의 피해를 막기 위해서지

요. 그랬더니 정말 농장 안으로 들어오지 않았어요.

어느새 그 풀은 자라 무릎을 덮었어요. 처음엔 동물들이 도망을 가더니, 지금은 태연하지요.

곤줄박이가 나뭇가지에 앉아 한참을 보더니, 봄이네 텃밭에 날아듭니다.

산림에 서식하는 식충을 잡아먹는 곤줄박이는 아주 이로운 텃새지요. 식충이가 애써 가꾸어 놓은 채소를 갉아 먹을까 봐, 곤줄박이는 텃밭을 살핍니다. 그래서 어머니의 사랑을 듬뿍 받는답니다.

그런데, 며칠째 비가 내려 텃밭을 살피지 못하였어요. 아침에 눈을 뜬 어머니는 텃밭에 나오자마자 곤줄박이를 찾습니다.

"곤줄아! 곤줄아!"

텃밭에 심어 놓은 채소와 과일이 식충이 때문에 피해를 또 입었는지 급히 부릅니다. 어머니는 곤줄박이를 그렇게 부르지요.

창고 안에서 알을 품고 있던 곤줄박이 가족은 어머니의 목소리에 놀라며, 후루룩 어머니 곁으로 날아왔어요.

"아주머니, 무슨 일이에요?"

"응, 이 일을 어쩌면 좋으냐? 밤새 식충이들이 채소와 과일을 망가뜨려 놓았구나!"

“어쩌지요? 며칠째 비가 많이 내려서 제가 관리를 소홀히 했나 봐요.”

“아니다. 그게 어찌 너희 탓이냐? 지난겨울에 날씨가 추워서 식충이들이 사멸해야 하는데, 겨울이 겨울답지 못하니 점점 더 극성이라 그러지.”

“아주머니, 우리가 식충이를 잡을 테니 너무 걱정하지 마세요!”

“아이고, 고마워라! 그렇게 좀 해 주겠니. 빈 곳에는 씨앗을 다시 심어야겠구나. 우리 곤줄이 덕분에 채소가 건강하게 쑥쑥 자라겠네!”

어머니는 속상함도 잠시, 힘들지만 다시 씨앗 심을 준비를 하였어요.

봄이 부모님은 지난해부터 봄이에게 깨끗한 자연을 안겨 주고 싶어서 가족이 함께할 수 있는 주말농장을 하게 되었어요.

스마트 폰을 친구로 삼는 봄이를 위해 부모님들은 바쁜 일정을 맞추었지요. 그런 부모님 마음도 몰라주고 봄이는 친구들과 놀고 싶은 마음에 주말농장 하는 것이 불만이었어요.

"아버지, 전 농장에 가기 싫어요. 선생님께서 진드기를 조심해야 한다고 하셨어요. 전 시골이 정말 싫어요. 벌레들도 득실거리고…. 이것 보세요! 지난번에 물린 모기 자국도 그대로 있잖아요."

"이번엔 준비를 완벽하게 했으니 걱정하지 않아도 될 거야."

봄이는 아버지께 핑계를 대며 말했지만, 소용이 없었어요.

"봄이야, 곤줄박이 이야기 들었지? 얼마 전에 외삼촌이 그러는데 새끼를 낳아서 가족이 많이 생겼대. 궁금하지 않아? 엄마는 어릴 때부터 함께 지냈던 터라 빨리 가서 보고 싶은걸."

어머니도 아버지의 편을 들었지요.

곤줄박이의 이야기를 들은 봄이는 마음이 조금 움직였지요.

"어머니, 정말이세요?"

"물론이지."

"거짓말이면 다시는 가지 않을 거예요!"

그렇게 억지로 따라나섰던 봄이었지요. 그런데, 요즘은 봄이가 주말이 빨리 다가오기를 기다린답니다.

지금 봄이는 부모님과 함께하는 이 시간을 참 좋아하지요.

자연 속 친구를 만나니 머리도 맑아지고 매일 영어 단어 외우느라 긴장하던 순간도 잊어버리니까요.

곤줄박이 가족은 한나절이 지나자, 식충이를 모조리 잡았어요.

봄이는 텃밭에서 흙장난 놀이를 참 재미있어합니다. 어머니가 호미로 잡초를 뽑으면, 봄이는 옆에서 흙으로 개미집을 만들며 놉니다.

텃밭이라고는 하나, 풀숲이 우거져 온 천지가 초원이지요. 계곡에선 시냇물이 졸졸 흐르다 소용돌이치는 소리가 정겹게 들려옵니다. 버들강아지도 열매를 맺어 산새들의 좋은 먹이가 되지요.

봄이는 흙장난을 하면서도 짹짹대며 즐겁게 먹이를 먹는 산새들을 보니, 정말 평화로워 보였어요. 무엇이든 즐겁게 하는 모습이 봄이와는 정말 달랐거든요.

산머루의 넝쿨은 참나무를 감고 하늘까지 오르려는지 끊임없어요.

나지막한 곳을 오르기 좋아하는 고추잠자리가 말했어요.

"머루 아저씨, 왜 그렇게 높이 오르세요?"

"응, 여름에 열매를 많이 맺으려면 부지런히 올라야 해. 덩치 큰 다래 아가씨가 자리를 잡으면 우린 오를 곳이 없거든."

고추잠자리는 머루 아저씨의 말에 고개를 끄덕이며 조금씩조금씩 따라 올랐어요.

“와, 우리가 사는 이곳은 정말 아름다운 곳이네요. 어, 저기 농장 주인이 왔나 봐요. 지난번 술래잡기를 하면서 놀았는데, 오늘도 가서 놀고 싶어요.”

“그래, 조심히 놀다 오렴.”

고추잠자리에게는 조용한 이곳보다는 번쩍대는 봄이의 농장이 훨씬 재밌게 느껴졌어요. 텃밭에 앉은 봄이를 보며 고추잠자리는 땅으로 내려가고 싶었어요.

흙과 실컷 놀고 나면 봄이는 어머니를 따라 씨앗을 심지요.

그러던 봄이가 소리를 질렀어요.

"어머니, 장수하늘소예요!"

"뭐? 장수하늘소? 어디 보자. 정말 장수하늘소네! 요즘 멸종 위기에 놓였다던데. 이 귀한 걸 여기서 또 보게 되는구나!"

"작년에 아버지가 말씀해 주셨어요. 집게발에 물리면 아프고, 아버지가 어릴 적에는 장수하늘소를 가지고 놀았다고 하셨어요."

봄이는 아버지를 향해 소리를 쳤어요.

"아버지, 이것 좀 보세요. 장수하늘소예요!"

봄이는 장수하늘소를 잡고서 빨리 오셔서 보라고 하였지요.

"어지러워, 나 좀 내려 줘!"

봄이는 아버지가 장수하늘소를 잡는 방법을 보고 그대로 집어 들었어요. 그랬더니, 장수하늘소가 어지럽다며 집게발을 마구 휘젓지 않겠어요?

봄이가 놀라며,

"미안해. 장수하늘소야! 너를 만나니 너무 반가워 그랬어!"

봄이는 얼른 바닥에 내려놓았어요.

"그런데, 너는 왜 혼자야?"

"응, 다들 알을 낳으러 저 숲으로 갔어. 나도 가는 길이었는데 너희들이 와서 숨은 거야. 갑자기 사람 소리가 나서 우리도 깜짝

놀랐지 뭐야! 우리 가족은 흩어졌다가 한참 후에 만나게 돼."

"그렇구나. 조심히 가! 다음에 또 보자."

"안녕, 고마워!"

장수하늘소는 봄이를 만나 참 다행이라 여겼지요.

봄이는 아버지가 채 보시기도 전에 땅속에 얼른 묻어 주었어요. 햇빛을 보게 되면 아프기라도 할까 봐 걱정되었거든요.

아버지는 봄이에게 다가오셔서 말씀하셨어요.

"허허! 얼핏 보기는 했다만, 정말 장수하늘소더구나."

아버지는 웃으며 장수하늘소의 일생에 대해 말씀해 주셨어요. 장수하늘소는 4년에서 7년을 애벌레로 살다가, 성충이 되면 약 석

달 정도를 산다고 하셨지요.

그렇게 장수하늘소를 떠나보낸 봄이는, 또 장수하늘소가 나올까 봐 조심스레 씨앗을 묻었어요.

숲에서 바람을 타고 온 맑은 공기를 마시니 기분이 한결 좋았어요. 무엇보다 장수하늘소가 봄이의 텃밭에 놀러 와 주어서 참 고마웠어요.

고추잠자리가 봄이의 어깨에 살며시 내려앉으며,

"봄이야!"

봄이가 고추잠자리를 잡으려는 순간 휙 날아오릅니다. 고추잠자리는 놀고 싶다는 표현을 그렇게 하지요. 봄이가 씨앗을 심다 말고 고추잠자리를 따라다닙니다.

고추잠자리는 봄이가 넘어져 다칠까 봐 들판으로만 날아다녔어요. 지쳐서 봄이가 돌아가려 하면, 가지에 앉았다가, 또다시 잡으려 하면 날아 도망가지요.

봄이는 고추잠자리가 오늘도 이겼다며, 털썩 자리에 주저앉습니다.

밭일을 끝낸 부모님의 부르는 소리에 집으로 돌아온 봄이는, 돌아오자마자 보리를 한 줌 쥐어 창가로 던졌어요.

산새들의 먹이로 쌀을 던져 준다는 어머니의 말을 듣고, 시골 할머니 댁 근처에 사시는 할아버지께서 보리 한 가마니를 주셨지요.

곤줄박이는 어머니의 곁에서 재잘재잘 수다를 잘도 떱니다.

어머니 말씀처럼 자주 드나드는 창고 안에 둥지를 틀었지 뭐예요! 어머니는 곤줄박이가 불러 주는 노랫소리를 들으면 음악 연주회를 듣는 것 같다며 아주 흥겨워합니다.

어느새 텃밭에는 나팔꽃이 바람을 타고 와 싹을 틔우더니 예쁜 꽃을 피우고, 키다리 해바라기도 쑥쑥 자랐어요. 봄이는 작은 씨앗이 싹을 틔우고 자라는 모습이 정말 신기하였지요.

참외 넝쿨에서 노란 꽃이 피더니, 구슬보다 작은 열매가 줄기에 맺히기 시작하였어요.

아침이면 텃밭은 채소들의 재잘대는 소리에 시끌시끌해요. 밤새 누가 더 자랐는지 키 재기를 하기 때문이지요.

참외나 오이, 호박잎은 거칠어서 만지면 따가워, 봄이는 멀찌감치 구경만 하고 있어도 그 재미가 쏠쏠합니다. 그 옆에 토마토가 옥수수 잎 사이로 얼굴을 빼꼼히 내밀며 해님께 인사를 합니다.

채소들이 예쁘게 자라는 모습을 보니, 봄이가 좋아하는 애플망고도 심고 싶었어요. 그래서 봄이는 어머니께서 사다 주신 애플망고를 먹고는 텃밭에 씨앗을 심었어요.

"애플망고야, 너도 쟤들처럼 무럭무럭 자라야 해!"

하루가 지나고 한 달이 지나도 애플망고는 세상에 나오지 않았어요. 봄이는 주말이 되면 싹이 텄는지 궁금하여 빨리 농장으로 가자며 졸랐지요. 처음엔 어머니는 아무 말도 하지 않았어요.

그러다가 한 달이 지날 때쯤이지요.

“봄아, 애플망고는 싹을 틔우지 않을 거야. 씨앗도 너희들처럼 정성을 쏟아야 하거든.”

“어머니, 정말요?”

“그렇단다. 어떻게 하면 세상에 싹이 나올지 생각해 보렴.”

“그렇지만 다른 채소들은 싹을 틔우고 세상에 나오잖아요.”

“물론이야. 저기 작은 씨앗도 세상에 나올 준비를 다하였기에 가능하단다.”

주말농장을 하면서 봄이는 자연과 어우러지는 방법을 배우고 있었어요. 아침에 창을 열면 그림 같은 풍경이 펼쳐지지요. 아침 이슬을 맞은 채소들은 방실방실 기분이 좋습니다.

봄이가 오니 더 화목한 산골입니다. 오늘도 보리 한 줌을 창가로 뿌려 줍니다. 그랬더니 언제 왔는지 비둘이가 뒤뚱뒤뚱 걸으며 콕콕 맛있게도 먹습니다.

“비둘아, 친구들과 나누어서 먹어야지. 혼자 먹으면 어떡해?”

비둘이는 옆에 사람이 있거나 말거나 의식하지 않지요.

“비둘아, 넌 그렇게 혼이 나고도 어머니가 심어 놓은 콩잎을 다

따 먹으면 어떡하니?"

참나무 위에서 놀던 어치가 굵직한 목소리로 할아버지처럼 목소리를 내며 말했어요.

"응, 미안해! 아무리 참으려고 해도 그게 안 돼."

비둘이가 군침을 흘리며 말하자, 직박구리도 머리를 끄덕입니다.

"우리도 먹고 싶지만 참는 거야. 하루에도 몇 번씩 복습하거든. 비둘이와 너 때문에 맨날 우리만 혼이 나잖아!"

어치는 자기가 하지도 않았는데, 어머니께 꾸중을 듣게 되니 몹시 언짢아합니다.

어치의 말에 까오는,

"그래, 맞아. 어머니는 우리만 보고 소리치니까 속상해! 그리고 옥수수밭에 토마토는 누가 또 따 먹었어? 봄이 누나 줘야 하는데…."

"토마토? 우리는 먹지 않았어!"

비둘이와 직박구리가 말했어요.

"그럼, 누가 먹었을까?"

어치가 고개를 갸우뚱거리며 말했어요.

"모른다니까!"

"얘들아! 무슨 일이니?"

두 눈을 커다랗게 뜬 부엉이 아저씨가 말했어요.

"밤사이 빨갛게 익은 토마토가 감쪽같이 없어져 버렸대요."

직박구리가 어치를 가리키며 말했어요.

"응, 밤에 아랫마을에 사는 토실이가 기분이 좋아 보이더니, 맛있는 토마토를 먹어서였구나!"

"부엉이 아저씨, 또 토실이가 한 짓인가요?"

"틀림없을 거다!"

"오늘 밤에는 제가 지켜야겠어요."

까오가 말했어요.

"아니다. 너희들은 낮에 활동하느라 피곤할 테니, 푹 쉬어라. 밤에는 아저씨가 지켜 줄 테니!"

"부엉이 아저씨, 정말 고맙습니다."

까오는 큰 소리로 인사를 하였어요. 봄이가 좋아하는 토마토를 지킬 수 있어 기분이 참 좋았어요. 무엇보다 다가오는 주말에는 빨갛게 익은 토마토를 먹을 수 있다고 생각하니 괜스레 웃음이 나왔지요.

꾀가 많은 토실이는 아랫마을에 사는 염소이지요. 용하게도 과일 익는 냄새를 맡고, 어슬렁어슬렁 와서는 맛있는 채소를 먹고 가지요.

까오는 정말 속상했어요. 봄이가 싱싱한 토마토를 먹고 기뻐하는 모습을 보고 싶었거든요.

까오는 봄이를 보더니 반가운 듯 창가에 앉습니다. 어치와 비둘

이도 까오를 따라와,

“봄이 누나, 안녕!”

“응, 까오야, 안녕! 얘들아, 안녕!”

“어젯밤에 아랫마을 토실이가 토마토를 다 먹어 버렸어. 누나, 어떡하지?”

“괜찮아!”

“누나 주려고 우린 먹지 않았단 말이야!”

“정말? 얘들아, 고마워.”

조용하던 산골 마을이 주말만 되면 잔칫집처럼 분주합니다.

까오는 봄이가 떠날 시간이 가까워지니 마음이 짠해 오고 울음이 나왔어요.

“까~악, 까~악!”

모두들 나와 배웅을 하는데 까오는 저 높은 가지에 앉아 잘 보이지 않았어요.

“까오야! 누나 없어도 여기 와서 같이 놀아!”

봄이는 까오를 불러 할머니의 마당에서 놀게 하였어요.

봄이네가 돌아가자, 할머니는 보리를 한 소쿠리 들고 와서는 마당이며 온 들판에 뿌렸어요.

인적이 드물어 늘 허전했던 할머니 마당에, 온갖 산새들의 말벗에 흥겹지요. 곱게 물든 단풍잎이 바람에 날려 할머니 댁 마당에 앉습니다.

할머니가 봄이에게 까오 이야기를 듣고는 그동안 오해해서 미안하다며 까오를 보고 사과하였어요. 이젠 할머니의 호통치는 소리를 듣지 않게 되어 기뻤어요.

산새들은 할머니의 말동무가 되어 해가 지는 줄도 모르고 놉니다. 그러다 문득, 할머니는 고갯마루로 봄이가 간 길을 하염없이 바라봅니다.

까오는 할머니의 마음을 알기에 어치를 보며,

"어치야! 할머니가 좋아하는 노래 좀 불러 보렴!"

"응. 알았어, 까오야."

어치는 맑고 깨끗한 목소리로 노래를 불렀어요. 어치는 산속의 가수이지요. 까오는 할머니의 허전한 마음을 달래 드리고 싶었어요.

까오 곁으로 다가온 할머니는, 머리를 쓰다듬어 주었어요. 까오는 할머니의 사랑을 받으니 기분이 무척 좋았어요. 봄이가 뛰어다니던 초원을 따라 날아오르는 까오의 날개가 어찌나 힘차던지요.

봄이 덕분에 웃음이 끊이질 않는 행복한 초원입니다.

우린 이겨 낼 거야

하굣길에 우연히 정자나무 길을 지나가다 다은이는 희한한 말을 들었지 뭐예요.

"다은아, 집에 가니?"

"네, 아주머니."

피자 가게를 운영하시는 소원이 어머니께서 다은이를 보더니, 봉지 하나를 내밀며 어머니 갖다 드리라며 주셨어요.

"마스크란다. 너희 어머니께서 부탁하시더라."

"네, 고맙습니다."

"너희들도 이리저리 돌아다니다 저 몹쓸 병에 걸리면 큰일이니까 꼼짝 말고 집에 있거라. 선생님도 그러라 하셨지?"

"네, 아주머니. 그런데요, 소원이와 둘이 우리 집에서 카우 그

림 그리며 놀기로 하였는데요."

소원이는 같은 아파트 바로 옆집에 산답니다.

"그럼 그렇게 하렴. 대신 오늘만이야."

"네, 아주머니."

선생님으로부터 등교할 때는 마스크를 잘 착용하고 여분을 챙겨 보내라는 메시지를 받았다 하시면서 어머니 대신 주의를 당부하셨어요.

또한, 급식 먹을 때 마주 보고 앉지 말고 뚝, 뚝, 떨어져 앉아서 먹으라고 가정에서 지도를 바란다며 말이에요.

오늘 급식 시간에 태주가 재채기를 하는 바람에 주위에 앉았던 친구들은 점심 먹다 말고 난리가 아니었어요. 그걸 피하려다 식판까지 엎은 무결이는 선생님께 야단을 맞았지요.

그 친구 이름은 시진인데요, 평소 얼마나 깔끔을 떠는지 친구들이 별명을 '무결'이라 지었답니다.

순간적으로 일어난 뜻밖의 일이었어요. 여기저기서 소곤거리는 사람들에 의하면, 이 모든 일이 이웃 나라에서 발병한 전염병 때문이라며 야단입니다.

그리고 더 놀라운 것은 지구의 온난화로 인한 괴변이 곧 들이닥칠 거라는 말들이었어요.

'뭐지? 저 아주머니와 아저씨들이 나눈 이야기는…. 우리 보고는 곧바로 집에 들어가라면서 정작 어른들은 마스크도 쓰지 않고 모여서 계시잖아? 아, 담배 냄새….'

요즘은 지구촌 곳곳으로 하늘길과 바닷길이 이어져 있어 인구 이동으로 인한 바이러스 전파력은 상상을 초월한다네요.

지진도 무서운데 이보다 더 무섭다고 하니, 다은이는 벌써 가족이 걱정됩니다. 역사책에서나 경험했을 일들이 머지않아 세계 곳곳의 경제와 생활권이 마비된다니…. 정말 그런 일이 일어날까요?

다은이는 어제 그 일이 자꾸 떠오릅니다. 과제를 하다 말고, 문득 봉투 가득히 담긴 마스크가 생각났어요.

벌써 발 빠른 사람들의 움직임에 마스크가 동이 나서 구하기 힘들다는 말이 TV에서 야단입니다.

"오빠, 저것 좀 봐. 정말 저렇게 되면 우린 어떻게 되는 거야? 저 병이 정말 저렇게 무서운 거야?"

원격수업으로 전환되어 집에서 공부하는 대학생 오빠에게 묻습니다.

"응, 사람들의 건강 상태에 따라 정도는 다르긴 한데, 걸렸다 하면 대부분 후유증이 남는다는 얘길 들었어."

"그럼, 그렇고말고. 뉴스 좀 봐, 게임만 하지 말고…. 인간은 나빠. 정말 나빠!"

지난봄에 우연히 창문으로 날아든 잉순이 부부가 부쩍 부정적인 말을 많이 합니다.

"잉순아! 예쁘게 말을 해야지. 자꾸 그렇게 말을 하다 보면 버릇돼."

오빠가 잉순이를 보며 말하자,

"오빠, 잉순이 잘못 아니야. 내가 했어, 꼬돌이가."

"뭐… 네가? 말도 안 돼. 내가 분명히 들었어. 잉순이가 하는 말. 그런데 너는 왜 나더러 계속 오빠라고 해? 오빠가 아니고 형이라 불러야지."

"난, 오빠가 좋아! 오빠라 부를 거야. 다은이도 오빠라 부르고 잉순이도 오빠라 부르잖아."

"아가 보고 싶어. 오빠, 우리 아가 언제 찾으러 갈 거야?"

잉순이의 목소리가 슬픕니다. 전염병에 걸리지나 않았을까, 어디 가서 잡아먹히지는 않았을까, 아기가 걱정되나 봅니다.

꼬돌이도 덩달아 아기 새가 보고 싶은지 노래를 부릅니다.

참, 잉순이는 지난봄에 우연히 찾아왔다가 가족이 되었답니다.

"잉꼬야, 조금만 더 기다렸다 가자. 아기 새는 별일 없을 거야."

처음부터 말은 곧잘 했는데요, 아무리 집 주소를 물어봐도 말을 하지 않았어요. 그래서 동물 병원에 데리고 갔는데요, 그곳에서

들은 바로는 이 둘은 부부래요. 게다가 알도 낳았대요.

다은이와 오빠는 주인을 찾아 주려고 데리고 갔는데, 떨어지지 않으려고 온갖 애를 쓰는 거예요. 그래서 어쩔 수 없이 다시 데리고 왔어요.

부모님은 둘 키우는 것도 힘든데 무슨 앵무새냐며 당장 미아보호소에 갖다 주라고 하셨지요. 이렇게 부모님께서 반대하시니, 끝까지 설득하기까지는 무척 힘이 들었지요.

다은이의 충격적인 한마디 때문에 어머니께서 승낙하셨지만요.

"어머니, 오빠나 내가 어떤 계기로 길을 잃고 헤매는데 아무도 돌봐 주지 않고 내버려 두면 어머니 맘은 어떻겠어요? 길에서 헤매다 죽는 것보다는 누군가의 도움을 받아 크고 있다면 좋잖아요."

"그래요, 어머니. 우리 집에 스스로 찾아왔잖아요."

오빠도 거들고 아버지까지 힘을 보태 주셨어요. 할 수 없이 승낙한 어머니는 잉순이 부부를 받아들였어요.

지금은 어머니 편이 둘이나 늘었다며 아주 예뻐합니다. 그래서 지금까지 기르게 되었답니다. 입양하여 이렇게 같이 살고는 있지만, 주인이 오면 보내야 합니다.

가끔 다은이가 부모님께 야단을 맞을 때면,

"다은이, 잘못했어."

라고 눈치 없이 어머니를 편들 때는 얄밉기도 합니다.

"너, 주인 오면 당장 보내 버린다."

"안 가. 가기 싫어. 보내지 마."

이럴 때면 정말 안쓰럽습니다.

처음엔 욕설도 하였지요. 부모님께 야단을 맞은 후로는 한 번도 욕설은 쓰지 않았어요. 참 영리하지요.

가끔은 시샘도 하여 둘을 부를 땐 '잉꼬'라고 부른답니다.

처음엔 몰랐는데, 동물 병원 선생님께서 잉꼬가 가끔 보이는 행동은 새끼를 찾을 때 하는 행동으로 보인다는 말도 전해 주었지요.

오빠와 다은이가 그동안 모은 용돈으로 병원에 데려가 치료를 받게 하였는데요, 참 잘 데리고 왔다는 생각이 들었어요. 밖에서 질병이라도 걸렸을까 봐 걱정도 조금 되었던 터였지요.

그 후로 다은이와 오빠와는 시간이 날 때마다 새끼를 찾아 주려고 갔던 공원도 또 가고, 근처 아파트 주변도 가 보고, 이웃 마을에도 갔어요.

"잉순아! 꼬돌아! 너무 먼 곳으로 가면 안 돼. 먹을 것을 찾아서 독수리나 매가 나타날 수 있으니 주의하고. 알았지?"

잉꼬가 가는 곳을 다은이와 오빠도 따라다니느라 어떤 날은 넋이 나가서 돌아옵니다.

"응, 오빠. 조심할게!"

이렇게 열심히 찾아다녔지만, 아직도 찾지 못하였지요.

전염병 확산 때문이라는 말을 듣고는 더 풀이 죽어 보이는 잉꼬 가족입니다.

그런데 오늘은 잉순이가 아주 이상한 말을 합니다.

"주인이 우릴 버렸어. 창문을 열어 주면서 날아가라며 쫓았어. 이젠 돈이 없어서 우릴 못 키운대."

다은이와 오빠는 이 말을 듣는 순간, 너무 마음이 너무 아팠어요.

꼬돌이도 슬픔을 꾹 참다 못해,

“주인이 많이 아팠어. 그래서 우릴 못 키운다고 했어. 병원에 갇혀서 살아야 한다며, 자기 아들이 우릴 팔 계획을 하고 있다면서 얼른 도망가라고 놓아준 거야. 주인집 아들은 욕도 많이 하고 얼마나 무서운데!”

다은이가 놀라며,

“너희들, 맞고 자랐니?”

“응, 주인집 아들이 술만 먹으면 때렸어. 욕설도 하고, 계속 노래 부르라고 하고…. 그래서 목청껏 불렀는데 시끄럽다고 때리고 또 때리고….”

잉꼬는 다시는 떠올리고 싶지 않은 표정을 지었어요. 다은이와 오빠는 잉꼬의 아픈 과거를 들으니 너무나 충격이었어요. 그래서 한동안은 아무런 말도 못 했어요.

한참 후,

"그런데 어쩌다가 아기 새는 놓쳤니?"

오빠가 당황하며 물었어요.

"내가 잘 품고 다녔는데, 강풍을 만나서 놓치고 말았어. 실수였어."

꼬돌이가 목이 터질 듯 웁니다. 잉순이도 꾹 참았던 울음을 터트립니다.

"왜 그 이야길 이제야 하니? 거기가 어딘데?"

오빠는 그쪽 어딘가에 잃어버렸다면 찾을 수 있을지도 모른다고 생각했어요.

"응, 오빠. 갑자기 생각이 났어! 저 마스크를 보니까…. 정말이야. 오빠네 가족도 우릴 버릴까 봐 겁이 났어. 그러나 이제야 알았어. 우릴 얼마나 사랑하는지…."

잉순이는 꼬돌이의 말에 눈물만 흘렸어요. 서로 자기 때문이라며 자책을 합니다. 잉순이는 정신만 잃지 않아도 아기 새를 잃어버리는 일은 없다며 말이에요.

"이제는 괜찮아. 그런 일이 있었구나."

다은이는 잉꼬를 품에 꼭 안고는 다독였어요. 그동안 놀렸던 자신이 부끄러웠어요. 다은이는 잉꼬를 안아 주며 놀려서 미안했다고 말했어요. 그러자 잉꼬도 괜찮다며 말했어요.

잉꼬는 다은이의 품에 안겨서인지 조금은 안정이 되었어요.

"또 기억나는 건 없니?"

오빠가 다급하게 물었어요.

"응, 오빠. 없어. 밤이라 폭풍이 몰아쳐서 어딘지 모르겠어. 기억이 안 나. 주인이 멀리 아주 멀리 가라고 했거든."

오빠도 가슴이 너무 아팠어요.

다은이는 이제 잉꼬 가족과 헤어지지 않아도 된다고 생각하니 기쁩니다.

"우리 아기 새는 나중에 꼭 찾을 수 있을 거야. 그렇지, 오빠?"

"그럼! 꼭 찾아야지."

오빠의 말에 모두 마음이 놓였어요.

꼬돌이가 오늘따라 무척 아기 새가 많이 보고 싶나 봅니다.

"나도 마스크 줘. 마스크 줘!"

"뭐라고? 너도 우리처럼 하고 있게?"

"응, 우리도 할 거야."

아마도 아기 새를 찾으려면 건강해야 한다는 것을 잘 알고 있지요.

이뿐만이 아니랍니다. 어떨 땐 아버지 목소리 흉내를 잘 내는 꼬돌이는 몇 번이나 우리 가족을 속여서 웃음을 줍니다.

늦은 시간까지 게임하는 다은이를 보며,

"다은아, 게임 그만하고 얼른 자."

라고 하면 마치 등 뒤에서 아빠가 말씀하시는 것처럼 들리지요.

"네."

라며 대답을 할 정도니까요. 그러니 다들 속을 수밖에 없지요.

누가 왔는지, 숙제는 했는지, 청소는 누가 했는지…. 아주 고자질쟁이입니다.

잉순이 부부는 다은이랑 노는 것도 좋지만, 소원이가 오면 더 좋아합니다. 다은이는 가끔 상처 주는 말을 하니까, 농담이라도 싫은가 봐요.

"다은아, 소원인 언제 와? 오늘은 안 와?"

"그래, 오늘은 안 와. 내가 오지 말랬어."

"다은아, 네가 재미로 놀리면 잉꼬가 싫어하잖아."

어쩌다 다은이가 실수를 해도 오빠는 화내지 않고 조근조근 말을 합니다. 다은이가 잉꼬를 또 놀려서 오빠한테 꾸중을 듣습니다.

오빠는 오늘도 소원이가 올 시간이 되자, 강의를 듣다 말고 손 소독제를 현관 입구에 두었어요. 다은이는 오빠가 알아서 척척 다 해 주니 참 좋습니다.

얼마나 다정한 오빠냐면요, 작년에는 집 잃은 아기 새가 어미 새를 찾아와 마음 놓고 들어오라고 오빠 방 공간을 줄여서 만들기까지 했어요.

그 후로는 추운 겨울날에도 비가 오나 바람이 부나 펑펑 눈이 내리는 날에도 열어 두었지요. 언제 찾아올지 모르는 아기 새를 위해서 말이에요. 땀을 뻘뻘 흘리며 아버지를 졸라서 만들 땐 정말 힘들었어요.

이젠 아기 새만 찾으면 더없이 행복할 거라 여겼는데, 우리 잉꼬의 슬픔은 언제쯤 끝이 날까요?

이 몹쓸 전염병만 돌지 않았어도 잉꼬가 그토록 애타는 아기 새를 찾으러 갈 수 있었을 텐데…. 계획이 미루어졌다고 하니 힘이 빠집니다.

다은이가 더 슬픈 표정을 짓자, 잉순이가 위로를 합니다.

"어디 힘 빠지는 일이 한두 가지인가요."

잉순이가 이 와중에도 어머니 흉내를 냅니다.

이렇게 몇 달이 훌쩍 지났습니다. 아름다운 꽃잎은 한들한들 웃음 짓고 숲속에선 가을이 왔다고 떠들썩합니다. 그런데 아기 새는 아직 소식이 없습니다.

언제 가을이 왔는지, 귀뚜라미 소리가 정겹습니다.

이 소리를 듣고도 지나가는 사람들, 만나는 사람들은 모두 우울해 보입니다. 이럴 땐, 잉꼬는 지친 사람들을 위해 예쁜 목소리로 노래를 불러 주기도 합니다. 아기 새의 슬픔도 잊은 채 말이에요.

다은이는 의사인 부모님이 요즘처럼 전염병에 걸린 사람들을 치료하느라 늦을 때면, 어린 마음에 행여나 잘못될까 봐 걱정이 많답니다.

그래서 잠들기 전 둥근 달을 보며 매일 기도를 하지요.

오늘 밤도 다은이는 그렇게 잠이 듭니다. 친구들과 마음 놓고 웃을 수 있는 그날을 꿈꾸며 말이에요.

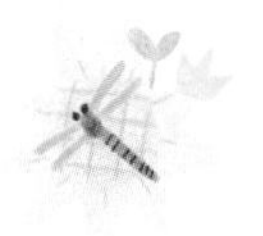

아주
특별한 여행

와, 지구별이다

케빈 왕자는 프록시마 센타우리를 포함한 은하계를 지키는 용사랍니다.

그런 케빈 왕자는 은하계에서 아주 멀리 떨어져 있는 지구별에 너무 가고 싶어 호시탐탐 기회만 엿보았어요. 그러다 할머니 대왕의 모습이라도 보는 날이면 정신이 바짝 들지요.

그런 케빈 왕자에게 든든한 지원군이 한 분 있는데요, 아버지 테라헤르츠 왕이지요.

“케빈, 그리워하는 지구별을 잘 지키려면 직접 보는 것이 좋기는 하다만 위험이 따르니 걱정이 되는구나.”

"아버지, 조심히 잘 다녀올게요. 제가 보이지 않으면 지구별로 여행을 떠난 줄 아십시오."

"오냐! 어머니께 인사는 하고 떠나거라. 걱정이 많을 테니."

퀸 여왕은 케빈 왕자가 지구별로 여행 가는 것을 한사코 반대하였지요.

그날도 지구별은 아름다운 자태를 뽐내며 케빈 왕자의 마음을 사로잡았답니다.

'정말 아름답군. 우주에서는 정말 보기 드물게 아름다워. 어떻게 하면 그곳으로 갈 수 있지? 정말 가 보고 싶은데….'

그러던 케빈 왕자에게 찾아온 뜻밖의 행운. 그는 우연히 우주에서 만난 아라호 탐사 선장을 만나 꿈에 그리던 지구별에 무사히 올 수 있었어요.

우주에선 이보다 훨씬 더 먼 거리 여행을 많이 한 케빈 왕자이지만, 이번 여행은 아주 특별하였지요.

'혼자 오는 게 아니었어. 데네브와 알타이르, 베가 친구들도 데리고 올걸. 이렇게 아름다운 곳을 친구들과 함께 봤으면….'

우주에선 이보다 훨씬 더 먼 거리 여행을 많이 해도 긴장감은 없었는데, 어찌 된 일인지 이번 여행만큼은 왠지 모를 초조함과 두려움이 몰려왔지요.

친구들이 그리워 이름을 부르며 하늘을 보는 순간, 케빈 왕자는 깜짝 놀랐습니다. 저 멀리 약 300km나 떨어진 상공에 케빈 왕자와 같은 모습을 한 물체가 상공을 날아다니는 게 아니겠어요?

'어떻게 이런 일이! 저건… 많이 보던 모습인데…. 데네브 왕자!'

희미하긴 하지만 단번에 알아볼 수가 있었지요. 케빈 왕자는 지구인과는 다른 특별한 능력이 있으니까요.

그 뒤를 이어 그리운 얼굴들이 보였는데요, 그들은 바로 알타이르 왕자와 베가 왕자였어요.

"케빈! 케빈 왕자!"

좀 전까지만 해도 두려움에 떨고 있던 케빈 왕자는 누군가가 부르는 소리를 들었지만, 환청이거니 했지요.

그런데, 그 무섭다는 독수리를 타고 나타났으니 놀랄 수밖에요. 이렇게 친구들을 볼 거라고는 상상조차도 못 했으니 말이에요.

분명히 친구들 목소리였는데, 돌아보니 그땐 아무도 보이지 않았거든요. 그런데 정말 꿈이 아니었어요.

"친구들아, 나 여기 있어. 데네브! 베가! 알타이르! 내 목소리 들려?"

케빈 왕자는 친구들을 향해 고래고래 소리쳤어요. 아무도 대답하지 않는다는 것을 알면서도 말이에요. 조용한 우주와는 달리 이곳은 세상 돌아가는 소리가 너무 시끄러워 그 먼 곳까지 들릴 리가

없으니까요.

그래도 케빈 왕자는 정말 기뻤습니다. 이렇게 낯설고 먼 곳까지 자기를 찾아온 친구들이 고마운 마음에 눈물이 핑 돌았습니다.

이제야 지구별의 아름 왕자의 눈동자에 박히기 시작하였어요. 그동안은 낯선 곳에 대한 두려움 때문에 맘 놓고 여행을 할 수 없었으니까요.

그런 케빈 왕자에게 친구들이 찾아왔으니 얼마나 든든할까요? 저 멀리 보였던 친구들은 점점 가까워졌어요.

오늘따라 하늘은 어찌나 맑던지요.

지구별이 유독 아름다운 이유가 은하계의 빛을 받기 때문이란

걸 알게 되었어요. 그 빛을 먹고 살아간다는 걸 새삼 알게 된 케빈 왕자는 참 신기하였지요. 온 세상이 우주의 축을 중심으로 돌아가는 것을 보고 느껴 보니 광명 그 자체였어요.

이곳에서 올려다보니 총총 내리는 그 빛이 여름 밤과 어우러져 장관을 이루었어요. 마치 맑은 하늘에 두둥실 떠 불꽃놀이를 하듯 밝게 내렸어요.

케빈 왕자는 지구 여행을 하기 위해 매일같이 생각하고 준비를 하였지만, 친구들은 갑자기 온 여행이라 하늘만 붕붕 떠다니며 어찌할 바를 몰랐지요. 아마도 케빈 왕자를 찾아 헤매는 것이 분명했어요.

케빈 왕자는 큰 소리로 다시 한 번 외쳤어요.

"여기야, 여기! 베가! 데네브! 알타이르!"

맨 먼저 케빈 왕자를 발견한 베가는

"케빈, 저기 케빈 왕자다!"

"어디? 어디?"

데네브 왕자는 베가 왕자의 말에 기뻐서 두리번거리다 하마터면 독수리 등에서 떨어질 뻔했어요.

"조심해, 데네브 왕자. 떨어지면 위험해!"

케빈 왕자는 걱정이 되어 소리를 질렀어요.

"어, 어떻게 왔니? 내가 여기 온 줄은 어떻게 알았니?"

"프록시마 센타우리가 발칵 뒤집혔어. 너 때문에!"

데네브 왕자가 말했어요.

"어떻게 오긴. 아라호 탐사 선장을 붙잡아서 데려다 달라고 했더니, 어느 바다 쪽 바위 위에 내려놓고 갔어."

베가 왕자가 너무 놀라고 신기해하며 말했어요.

"아라호 탐사 선장이 동쪽으로 가면 너를 만날 수 있을 거라고 하면서 저 새를 잡아 주더니 타고 가라던데? 안전하게 데려다줄 거라면서."

알타이르 왕자도 이렇게 쉽게 만날 수 있을까 하고 의아한 표정을 지으며 말했어요.

"아, 그랬구나. 이곳에서 너희들을 만나다니…. 내가 너무 놀라서 정신이 없는걸….”

케빈 왕자는 믿어지지가 않아 두 손으로 자기 얼굴을 쳤지요. 그랬더니 정말 귀신한테 홀린 것처럼 한동안은 정신이 혼미해졌습니다.

한참 후, 정신을 차린 케빈 왕자는,

“너희들을 아라호 탐사 선장이 데려다주고 갔다고 했지?”

“응, 그래. 정말 그렇다니까.”

"너까지 잃을까 봐 우리가 얼마나 걱정했는데! 말이라도 하고 같이 왔으면 좋았잖아."

데네브 왕자가 걱정했다는 표정으로 투정을 부립니다.

"미안해, 친구들. 너희들까지 잘못되면 안 되니까 그랬어. 나, 너희들이 정말 보고 싶었어!"

케빈은 여기까지 찾아온 친구들이 고맙기도 하고 행여나 잘못될까 봐 걱정도 되었지요.

"그건 그렇고, 카라 공주는 찾아봤니?"

베가 왕자가 카라 공주가 걱정되어 묻습니다.

"아직…. 그것보다는 더 큰 일이 생겼어. 아라호 탐사 선장이 아무 말도 않던?"

"응, 지구별이 조금 아프다는 말은 들었어. 그런데 뭐? 큰일이 생겼다고?"

케빈 왕자의 말에 모두가 휘둥그레져 바라보았지요.

"응, 나도 자세한 건 몰라. 아라호 탐사 선장이 고민하는 걸 눈치만 챘을 뿐이야. 이제부터 알아봐야지."

모두 그게 좋겠다며 케빈 왕자의 말에 얼른 서두르자고 하였지요.

친구들은 우주 어느 곳을 다 다녀도 이렇게 지구별처럼 아름답고 편안한 곳은 처음이라며 모두 들떠서 너무 좋아했어요.

케빈 왕자는 저 멀리 보이는 고향별을 가리키며 자랑을 하였지요. 어마어마하게 큰 별들이 이곳에선 손바닥 크기보다 작게 느껴지니 모두 놀랄 만도 하지요.

지구별에 온다고 지쳤는지 친구들은 모두 잠이 들었어요. 케빈은 무슨 일인지 쉽게 잠자리에 들지 못하고 샛별이 뜰 쯤에 잠이 들었지요.

숲은 공기 청정기야

다음 날, 일찍 눈이 뜬 케빈 왕자는 친구들과 함께 지구별의 곳곳을 다녔어요.

빛의 속도를 타고 다니는 그들은, 수식 간에 여러 곳을 둘러보았어요. 어떤 곳은 축제라며 흥에 겨운 곳이 있는가 하면, 또 어떤 곳은 전쟁 때문에 쑥대밭과도 같았지요.

이뿐만이 아니었어요. 자연의 힘이 얼마나 강한지 거센 비바람으로 삽시간에 소행성보다 큰 곳을 쓸어버리지 뭐예요! 마치 죽음을 맞이한 할머니별의 사멸처럼 거대한 블랙홀같이 빨려들듯이 말이에요.

지구별의 아픔을 보고 나니 케빈 왕자와 친구들은 방법을 찾기 위해 온갖 노력을 하였어요.

"케빈 왕자, 저기 좀 봐. 저 나무로 뭘 만들려고 하나 봐. 동물들이 놀라서 도망가는데?"

데네브 왕자가 놀라서 소리를 지르자,

"응, 지구인들은 필요한 것을 만들거든. 과학이 발달할수록 자연의 훼손은 늘어나서 언젠가는 고갈될 거야."

베가 왕자는 자연의 소리를 듣고 있으니 마음이 아팠어요.

"케빈 왕자, 숲에서 울음소리가 들려."

"도와주세요! 도와주세요!"

숲에서 바람을 타고 윙윙대며 서로 흐느끼는 소리가 들려왔어요.

"저 나무를 베어 내고 다시 심는다고 해도 지금처럼 숲을 만들려면 오랜 세월이 흘러간 후에나 가능한데, 참 안타깝군. 숲이 울창해야 자연이 활발하게 움직여 맑은 산소를 공급할 텐데…. 홍수 피해도 막을 수 있고."

케빈 왕자는 무분별하게 잘려 나가는 나무들을 보니 속상했어요.

베가 왕자는 가슴을 울리는 숲의 앓이에 한동안 말을 잇지 못했어요.

"케빈, 지구인들은 이 맑은 공기와 아름다움을 주는 숲의 고마움을 어떻게 모를 수가 있지?"

케빈 왕자는 베가 왕자의 말에 안타까운 표정을 지었어요.

"애들아, 저곳에 산불이 났어. 얼른 가 보자. 다들 조심해!"

알타이르는 눈이 휘둥그레져 그곳을 가리켰지요.

산불이 나서 산등성이를 완전히 태우고 또 다른 곳으로 붙어서 활활 타고 있었어요.

그들은 삽시간에 달려가 불을 꺼 주었지요. 산불에 대비하여 숲 속마다 소화전을 배치해 두었는데요, 그것을 이용하여 쉽게 끌 수 있었답니다.

사람들은 벌겋게 산불이 타오르자, 발만 동동 구르며 119로 신고를 하고 기다렸지만, 케빈 왕자 일행은 단숨에 소화전을 이용하여 확산을 막았어요.

그리고 고무나무의 이야기도 들려주었지요.

처음에는 사람들이 실수로 불이 붙어서 산불이 난 줄 알았지요. 그런데 번개가 원인이라는 걸 나중에서야 알았어요. 우리 생활에 많은 이로움을 주는 나무기는 한데요, 가끔 번개가 고사 직전인 고무나무를 때려 산불이 나지요.

그래서 산림을 가꿀 땐 나무의 성질을 잘 알아야 한대요. 이 나무는 고사가 되면 탄산가스로 가득 차 순간에 잿더미가 된다고 하니 말이에요.

이런 산불이 더운 지구별에 열을 데우는 격이 되지요.

"건강한 숲은 공기 청정기와 같고, 물을 저장하는 댐으로 그 역

할이 매우 큰데, 저렇게 숯을 만들기 위해 숲을 없앤다면 큰일이야. 홍수에 의한 산사태와 가뭄으로 인해 농작물 피해도 막심할 텐데."

케빈 왕자가 그 모습을 보고 분노하자, 알타이르 왕자도 걱정이 되었지요.

"케빈, 아라호 탐사 선장의 고통이 바로 저것 때문인가 봐."

"응, 그런가 봐. 숲이 많아야 온도를 낮출 수 있는데 말이야. 저기 좀 봐! 공장 굴뚝에서 검은 연기가 뭉게구름처럼 피어오르네."

베가 왕자도 걱정이 되나 봅니다.

지구의 사이렌

모두가 편한 것만 찾고 환경을 무시한다면 온난화로 인한 기후변화로 감당할 수 없을 만큼 거대한 태풍과 홍수 피해는 더 심각하게 다가올 거예요. 세상을 곤경에 빠지게 하고 결국엔 부메랑이 되어 되돌아올 테니까요.

또한, 미세먼지 농도가 짙어져 맑은 하늘을 볼 수 있는 날이 한 달에 손가락을 꼽을 정도니까 이대로 그냥 두고 볼 수는 없었어요.

저렇게 파란 하늘을 매일 볼 수 있다면…. 그것이야말로 지구인들의 작은 소망이지요.

"케빈 왕자! 난 이곳에서 못 지내겠어."

베가 왕자가 속이 매스꺼운지 자동차의 매연을 가리키며 말했어요.

"그러게, 큰일이야. 자동차 운행도 가급적 줄이고 자전거나 대중교통 이용을 생활화한다면 좀 더 나은 환경을 맞이할 텐데."

케빈 왕자는 과학의 발달로 인한 이차적인 피해를 실감하는 듯 말하는 베가 왕자의 말에 고개를 끄덕였어요.

"얘들아, 저길 좀 봐! 쓰고 버린 비닐봉지가 온 사방을 날아다녀. 좀 불편해도 저탄소 생활 실천을 하면 참 좋으련만…."

케빈 왕자가 말했어요.

케빈 왕자는 깊은 시름에 빠졌어요. 그때 데네브 왕자의 목소리가 너무 커서 주의를 경악하게 했어요.

"얘들아, 저곳도 좀 봐!"

"어디 말이야?"

모두 데네브가 가리키는 곳을 쳐다보았어요.

"목이 탄지 음료수를 맛있게 먹더니, 사람들이 이용하는 버스 정유소에 두고 갔어. 아이, 어른 할 것 없이 모두 두고 가 버리네."

개념이 없어도 너무 없다며 데네브가 말하였어요.

"정말 그러네! 쏟아 놓고 닦지도 않고 그냥 가고…."

베가는 지구인들의 남을 배려하지 않는 마음이 부족해서 생긴 일이라 여겼어요.

정말 그곳을 보니, 먹고 남은 음료수병에 빨대가 그대로 꽂혀서 바람에 쓰러져 의자를 더럽혔어요. 도저히 사람들이 앉을 수 없게 되어 버렸지요.

"저것 좀 봐. 지팡이 짚은 할아버지도, 다리가 불편한 아저씨도 벤치에 앉지 못하고 바닥에 앉으셔."

"휴지통이 없으니 먹고 나면 저곳에 두고 가나 봐."

자기가 먹은 쓰레기는 집으로 가져가야 하는데, 저렇게 아무렇게나 버리는 습관은 참 나쁘지요.

데네브 왕자는 슬그머니 쓰레기를 버리고 간 사람들을 따라가 보았어요.

그들은 버스가 도착하자 버스에 올랐어요. 더운 날씨다 보니 얼음을 잔뜩 넣은 플라스틱 잔에다 빨래를 끼워 쭉쭉 맛있게 마시는 사람들이 간혹 눈에 띄었어요. 그 사람들 역시도 버스 바닥에 버려두고 그냥 가 버리지 뭐예요?

버스 바닥은 남은 내용물이 엎질러져서 엉망이 되었어요. 승객은 버스 기사님께 실내가 너무 지저분하여 불쾌감을 준다며 쓴소리를 하지요. 기사님은 운전하시는 것만도 긴장될 텐데 말이에요.

케빈 왕자는 아픈 지구를 위해 도움을 주고 싶은데 먹이 사슬처럼 얽혀 있어 쉽게 실마리를 풀지 못하였어요.

한참 후,

"온실가스를 줄이는 것이 우선이야."

"좋은 생각이라도 있는 거야?"

알타이르가 말했어요.

"좀 번거롭기는 해도 종이컵 대신 개인 컵이나, 텀블러를 가지고 커피숍도 가고, 음식 배달은 미리 그릇을 갖고 가서 받아 오면 좋을 것 같아. 무엇보다 알게 모르게 노출된 환경 호르몬도 어느 정도는 막을 수 있을 거야."

케빈은 흥분되어 말했어요.

“응, 정말! 그렇게 된다면 아픈 지구를 덜 아프게 할 것도 같은데? 잘 지켜졌으면 좋겠어.”

“특별한 경우를 제외하고는 대중교통을 이용하면 교통 혼잡도 막고, 무엇보다 환경도 깨끗해지니 기저 질환 환자도 덜 생기겠지.”

베가도 들떠서 말했어요.

“그래, 맞아. 어떤 도시였더라? 공영자전거인 누비자를 타고 다니면 환경도 좋아지고 운동도 되고 그야말로 일석이조네. 워낙에 많은 곳을 왔다 갔다 했더니 헷갈려….”

“아, 그곳…! 창원이잖아.”

베가의 말에 알타이르가 말했어요.

“그래, 맞아. 환경 도시!”

데네브도 흥분되어 손뼉을 쳤어요.

알타이르 왕자가 실천이 힘들 거라는 표정을 짓습니다.

정말 그렇게 되면 얼마나 좋을까요? 재활용품 나눔도 환경 보존에 큰 영향을 미친다며 순간 케빈 왕자의 표정이 밝아졌어요.

“저게 뭐지? 얘들아, 저기 아이 좀 봐. 길을 잃었나 봐! 울고 있어. 얼른 가 보자.”

카라 공주의 흔적

베가 왕자가 섬나라 바위 위에서 울고 있는 아이를 발견하였어요. 그 아이는 누더기에 며칠을 굶었는지 울다 멈췄다를 반복하였지요.

서둘러 도착해 보니, 초등학교 1학년쯤 되어 보이는 소년이었어요.

"얘, 왜 여기서 그러고 있니?"

아이가 갈매기조차도 날아들지 않는 외딴 섬에 홀로 있으니 케빈 왕자가 말했어요.

"저, 저…는…."

아이는 대답 대신 베가 왕자를 보는 순간, 놀라서 바닷속으로

뛰어내리려 하였어요. 재빠르게 케빈 왕자가 그 아이를 안았지요.

몸이 불덩어리같이 뜨거웠어요. 환경이 오염되다 보니 목이 말라 물을 마셨는데, 그게 배탈이 났나 봐요.

"놀라지 마. 해치지 않을 테니."

아이가 놀랄까 봐 케빈이 말했어요.

"누구세요? 모습이…."

"우린, 저곳에서 왔어."

"네?"

아이는 케빈 왕자의 품에서 발버둥 치며 벗어나려 했지만 빠져나올 수가 없었어요.

"너도 부모님을 잃었니?"

"네, 비도 많이 내리고 해수면이 높아져 집이 물에 잠겼어요. 만조와 겹쳐서 바닷물도 범람하였지요. 나만 안전한 곳에 데려다 놓고 짐 가지러 갔는데, 그 이후론 소식을 몰라요. 부모님도 형도 누나도…. 갑자기 이곳까지 물이 차서 저도 파도에 떠밀려 왔어요."

처음에는 많이 놀라는 듯 보였으나, 점점 안정을 찾기 시작하였어요.

"저는 데이비드고요. 8살이에요."

데이비드는 부모님을 찾아 달라며 사정을 하였지요.

"걱정하지 마! 데이비드, 우리가 너희 가족을 찾아 줄게."

알타이르는 갑자기 카라 공주 생각이 났어요. 그래서 그 아이의 잃어버린 가족을 어떻게든 찾아 주고 싶었어요.

“그래, 걱정하지 마! 우리가 너희 가족 꼭 찾아 줄게.”

“네, 고마워요. 정말 이티처럼 착한 분이네요.”

“이티, 그게 누구니?”

“처음으로 지구에 온 친군데…. 모르세요? 그 친구도 은하계에서 온 외계인인걸요.”

“응, 그렇구나. 잘생겼니?”

알타이르 왕자가 긴장을 풀어 주려고 농담을 합니다.

“생긴 건, 음… 못생겼어요. 하지만, 형들처럼 착해요. 아쉽게도 실물은 못 봤어요. 만화 속 친구인걸요.”

데이비드는 케빈 왕자 일행에 의해 안전할 곳으로 피할 수 있었어요. 참 운이 좋았지요. 심한 풍랑이라도 만났다면 정말 위험하니까요.

조용히 듣고만 있던 데네브 왕자는 먼저 데이비드 부모님부터 찾아보자고 말했어요. 그래서 베가와 알타이르는 데이비드와 함께 부모님을 찾으러 근처에 있는 섬에 가 보기로 하였어요.

데네브 왕자와 케빈 왕자는 어떻게든 지구온난화를 막기 위한 방법을 찾으려고 하였지요.

"케빈 왕자, 이곳을 보니 인구 거대 도시 19곳 중 10곳이 넘게 저지대에 밀집되어 있어."

이 말을 듣던 케빈 왕자는 이렇게 아름다운 섬들이 물속에 잠겨서 다시는 볼 수 없다고 생각하니 너무 안타까웠어요.

"그러게, 정말 그러네. 하지만 방법이 쉽게 떠오르지 않아. 지구온난화로 인하여 사람들의 생명이 위협받게 되니 정말 큰일이야. 이대로 해수면이 계속 올라간다면, 저지대 국가에 있는 국민의 안전이 위험해져. 이뿐만이 아니야! 심지어는 일본, 중국, 인도네시아, 대한민국까지도 영향이 미칠 거야."

"그래, 맞아. 온도가 높아지면 겨울에 얼어 죽던 병원체들이 활성을 띠며 전염병이나 식물에는 병해충이 난발할 거야. 무엇보다 빙하 속에 갇혀 있던 세균들도 바다에 녹아들어 새로운 항체를 만들며 지구인을 더 큰 위험에 빠지게 만들겠지."

"네 말이 맞아, 데네브 왕자. 얼른 서두르자! 마냥 여기에 머무를 수도 없으니 말이야."

하지만, 케빈 왕자와 그 일행의 빙하가 녹지 않게 하는 방법을 찾으려고 애를 쓴 결과는 지구인의 몫으로 남길 수밖에 없었어요.

우리가 사는 아름다운 지구는 지구인 스스로가 아끼고 보호해야 하니까요. 환경오염이 심각한 도시도 환경을 개선하기 위해서는 이산화탄소를 줄이고 나무와 숲을 가꾸고 늪지대와 갯벌을 보호해야 해요.

한참 후, 베가 왕자와 알타이르 왕자가 돌아왔어요.

다행히 이웃 나라에서 데이비드 부모님을 만날 수 있었어요. 그곳에서 카라 공주의 흔적을 찾았다며 들떠서 돌아왔지요.

알타이르 왕자의 흥분된 말에 케빈 왕자도 기뻐하였지요.

“정말? 카라 공주의 이야기를 아는 사람이 있단 말이지?”

“응, 바로 이거야!”

베가 왕자가 메달을 내밀었어요.

“우주에서 암석이 떨어졌대. 그 암석으로 이 기념 메달을 만들었다고 하기에 힘들게 구했는데 정말 맞았어.”

“이것 봐.”

정말 카라 공주의 모습이었어요.

“맞아, 케빈 왕자. 카라 공주야!”

“오! 카라 공주.”

케빈 왕자는 그리운 동생을 만날 수 있어 정말 좋았어요.

“역시 아름다운 지구별이야. 카라 공주의 흔적을 이렇게라도 볼 수 있으니 말이야.”

모두 기뻐하였어요.

이제 카라 공주도 찾았으니 은하계로 돌아갈 차비를 하였어요.

정말 지구별에서의 기나긴 여행이었지요. 케빈 왕자는 카라 공주를 지켜 준 지구인들이 참으로 고마웠어요.

케빈 왕자는 데네브의 도움을 받아서 자기의 이익을 위해 환경을 무시하고 무분별하게 개발하려는 사고방식을 완전히 개조하려 했으나, 스스로 깨닫기를 바랐어요. 어차피 지구는 지구인들의 몫으로 지켜 가야 하니까요.

그리고 케빈 왕자의 일행은 꼭 그렇게 될 거라고 믿었지요. 사소한 것도 소중하게 여기는 지구인의 따뜻한 마음이 지구별을 영원히 지켜 줄 거라는 믿음이 생겼거든요.

그들은 이 한마디를 남기며 홀연히 지구별을 떠났어요.

"건강하게 잘 있어! 사랑하는 지구별아!"

*

2부

온 가족이 함께 여는 동심의 세상

어떻게
말할까

오늘따라 우람이의 걸음이 예사롭지 않습니다. 걸음에 원인 모를 불만이 섞여서 아주 투박스럽지요.

할머니가 그런 우람이를 보고는,

"우람아! 기분이 왜 그러냐? 외투는 왜 안 입고 다녀?"

"네, 할머니, 안녕하세요? 형이 학교에 가지 않고 집에 있으니 심부름만 계속 시키고, 엄마가 준 비상금도 말도 없이 혼자 다 쓰고 없잖아요. 학원 문제집 사서 과제도 해야 하는데…."

우람이의 왕방울 같은 눈에서 금방이라도 눈물이 왈칵 쏟아질 것만 같았어요.

"엄마가 준 비상금이면 형도 쓸 수 있는 거 아니냐? 그걸로 형은 어디 썼다던? 아무 말 없이 다 썼다면 형이 잘못했네. 할머니가 혼내야겠네.”

할머니는 벌떡 일어나 형한테 달려가는 시늉을 하였어요.

순간, 우람이가 깜짝 놀라 할머니의 팔을 붙잡았어요.

“할머니, 지금 가시면 절대 안 돼요. 안 돼. 형이 제가 고자질한 거 눈치채면 저만 혼나요.”

속으로는 할머니가 우람이 편을 들어주니 뛸 듯이 기뻤어요. 늘 형아 편만 들어준다고 생각했었는데 그게 아니었어요.

“왜? 형아 혼내 주라고 한 얘기 아니냐?”

“그건 맞지만…. 할머니, 지금은 아니에요.”

할머니는 우람이의 기분을 풀어 주려고 형을 혼내는 척하였지요. 할머니는 그 누구한테도 화를 내며 야단친 적이 한 번도 없으니까요. 우람이는 할머니를 보자 그동안 참았던 말들을 막 쏟아내고 나니 기분이 좋아졌어요.

"추석 때 용돈 받은 것도 빌려 달라고 하고…. 형이 뭐 그래요?"

"형이 성인이니까 돈 쓸 일이 많아서 그런 거지. 하지만, 빌려쓰는 습관은 나쁜 버릇이긴 하구나. 그래도 남도 아니고 형인데 빌려주고 나중에 받으면 되지. 넌 형한테 먹고 싶은 거 자주 사 달라고 하잖니?"

우람이도 형제간에 우애 있게 잘 지내야 한다며 귀가 따갑도록 들어서 잘 알지요. 하지만, 형이 얄밉게 할 때는 남처럼 느껴질 때도 있지요.

기분이 좋을 땐 몰랐는데, 오늘처럼 게임 하고 있을 때 심부름을 시키는 바람에 지고 나니 몹시 화가 난답니다.

"만약에 저는 동생이 있었으면 절대로 형처럼 귀찮게 안 했을 거예요."

"녀석아! 너도 막상 동생이 있으면 다를걸. 넌, 어리다고 어른들이 형만 시키니까 어떡해. 어른들 없을 땐 요 때다 싶은 거지."

"그리고, 저금통만 보면 형이 얄미워진다니까요."

"저금통이 왜?"

"그런 게 있어요."

"뭐라고?"

우람이는 얼른 형처럼 대학생이 되었으면 좋겠다는 생각이 들었어요.

"너무 기분 나빠 하지 말고. 자, 이것 가지고 사렴. 나머진 남겨 와야 해."

할머니는 호주머니에서 꺼내 삼만 원을 주며 말씀하셨어요.

"괜찮아요. 할머니가 주신 용돈도 아직 남아 있어요."

우람이는 할머니가 주시는 용돈을 거절하였지만, 할머니는 끝까지 주머니에 넣어 주었어요.

"아이코. 휴일이 되어도 마땅히 갈 만한 곳이 없지. 집에만 있으니 갑갑해서 더 부딪칠 거다. 세상이 짓궂어서 너희들이 갈 만한 곳도 없으니…. 쯧쯧, 조심해서 다녀오너라."

"네, 할머니. 서점 갔다 오면 가게는 제가 볼게요."

"그래 주겠니? 고맙구나."

우람의 할머니는 학교 가는 길목에서 작은 반찬 가게를 하지요. 할머니가 자리를 비울 때면 우람이가 할머니 대신 장사를 하는데요, 그럴 때마다 우람이는 할머니로부터 용돈을 받아서 저축하는 재미가 쏠쏠하답니다.

마음은 또 얼마나 따뜻한데요! 지난 연말에는 TV에서 어려워진

경제 여파로 소외 계층의 기부금이 줄어서 어려움을 겪고 있다는 말을 들었지요. 그때도 한 푼 두 푼 모은 용돈을 기부하였어요.

그뿐만이 아니에요. 어쩌다 어머니와 시장을 가면, 생활이 어려워 도움이 필요한 분을 만나면 그냥 지나가는 일이 없어요. 가진 돈이 없으면 어머니의 지갑을 열어서라도 도움을 주곤 하니까요.

우람이네와 서점은 버스로 열다섯 정유소를 지나야 합니다. 휴일이라 날씨도 추운데 버스를 기다리려니 힘이 들었어요.

"엄마가 외투 입고 밖에 나가란 말을 안 해 줬니? 엄마가 이렇게 추운 날 그 차림으로 바깥에 나간 걸 알면 걱정하겠다."

버스를 기다리던 아주머니가 걱정 어린 말투로 말씀하였어요.

우람이는 괜히 이런 차림으로 나왔나 싶어 아래위를 쓱 쳐다보았어요.

"이젠 스스로 챙겨 입을 나이가 되었으니 잘 챙겨 입고 다녀."

그러면서 친절한 아주머니는 바람을 막아 주었어요.

그 순간, 아주머니를 보니 어머니가 보고 싶었어요. 할머니 말씀처럼, 우리 형만큼 착한 형이 없는데 사정은 듣지도 않고 짜증부터 낸 것에 후회가 되었어요.

한참을 더 기다리니, 버스가 도착하였어요.

다행히 버스 안은 따뜻하였지요. 마침 사람들이 없어 의자에 앉을 수 있었지요. 집에 있을 때는 너무 답답했는데 이렇게 바깥세상을 볼 수 있어 기분이 좋았어요. 우람이는 보름 동안을 꼼짝없이 방 안에 갇힌 채 온라인 수업을 하며 지냈지요.

따사로운 햇살이 창가로 빛을 내리니 바깥에서 부는 칼바람과는 달리 아주 따뜻했어요. 눈이 부셔 고개를 아래로 돌리는 순간, 오백 원짜리 동전 하나가 눈에 띄었어요. 주우려고 고개를 숙이니 저쪽 구석에 백 원짜리와 십 원짜리 동전과 오천 원짜리 지폐도 있었어요.

순간 못 본 척 딴 곳으로 시선을 돌렸지만, 갈등이 생겼어요. 주워도 되는 건지, 아니면 안 되는 건지…. 밖에서 이런 일이 생겼다면 보는 즉시 주었겠지만, 버스 안이라 누가 볼까 봐 망설여졌어요.

'다들 내가 떨어뜨려서 줍는 것으로 알겠지?'

우람이는 슬그머니 고개를 들어 누가 보고 있는지 살폈어요. 다행히 아무도 보는 사람은 없고, 다들 휴대폰에 빠져 있었지요.

우람이는 동전은 주워서 주머니에 넣었어요. 떨어트릴 것만 같아서지요. 지폐는 손에 쥔 채 가지고 있었어요. 손에 쥔 걸 보고 흘린 사람이 있으면 돌려주려고 말이에요.

두어 정거장을 가도 주인은 나타나지 않았어요. 흘릴까 봐 주머니에 넣은 동전을 만지작거렸어요. 오천 원짜리가 큰돈이어서 버스 기사님께 말씀드릴까 하다, 그사이 주인이 자기 것이라며 돌려 달라고 할 수도 있겠다 싶었지요.

나중에 돈통에 넣은 지폐를 꺼내려면 번잡하다는 생각이 들었어요. 그래서 목적지까지 손에 쥔 채로 가려 했지요.

시선이 동전 주머니로 갔다가 손에 쥔 지폐로 갔다 떨어진 돈을 주운 우람이 마음은 마치 죄를 지은 것처럼 떨려 왔어요.

한참을 가니 사람들이 많이 탔어요. 한 아주머니께서,

"학생, 돈을 왜 호주머니에 넣지 않고 들고 다녀?"

"네, 이거 제 거 아니고 버스 안에서 주웠어요. 제가 내릴 때까지 갖고 있다가 나중에 기사님 드리려고요."

"응, 착하기도 해라."

우람이는 그 아주머니께 그렇게 말했어요. 그런데 옆에 계시던 아저씨가,

"그냥 너 가져. 만 원도 아니고 그것 찾으러 온다고 차비가 더 들겠다. 찾으려고 안 할 거야. 그리고 자기가 떨어트린 것도 아닌데 자기 거라고 우길 수도 있고."

하는 것이었어요.

우람이는 더는 가지고 있기가 부담스러웠어요. 그래서 저금통에 넣어서 성금할까도 생각했지만, 버스 기사님께 드리는 것이 옳다는 생각이 들었지요.

비록 어른들에게는 작은 돈으로 느껴질 수 있지만, 우람이는 큰

돈으로 느껴졌어요.

우람이는 기사님에게 가서 사실대로 말을 하였어요. 그랬더니 기사님은 돈통에다 넣으라고 말씀하셨어요. 주인이 오면 돌려주겠다면서 말이에요. 주운 돈을 다 넣고 나니 마음이 한결 가벼웠어요.

처음 동전을 보는 순간, 형과 함께 참여했던 연두색 '사랑 나누기' 동전 모금함이 떠올랐어요.

그때는 서로 많이 하겠다고 지폐도 동전으로 바꿔 넣고, 그것도 모자라 부모님 호주머니 속 동전까지 서로 갖겠다며 야단을 떨었지요. 우람이는 형이랑 그럴 때가 참 좋았다는 생각에 그때가 그리웠어요.

100원짜리 동전 하나로는 당장은 그 무엇도 할 수 없지만, 100원 200원…이 모이다 보면 나중에는 큰돈이 되어 어려운 사람들을 도울 수 있으니까요.

"우람아!"

그때 누군가 우람이를 불렀어요. 고개를 돌려 뒤를 보니, 예나 누나였어요.

"안녕. 집에서 언제 나왔어?"

"응, 일찍. 이모가 반찬통 갖고 오라고 하셔서 갔다가 서점 가는 중."

처음엔 몰랐는데 사람들이 내리고 나니 바로 뒷자리에 있었지요.

"우람아! 너 정말 착하구나. 나 같으면 누가 볼까 무섭게 주머니에 넣었을 텐데…."

순간 우람이의 볼이 빨갛게 타올랐어요.

예나도 서점에 가는 길이라며 어제보다는 사뭇 표정이 밝아 보였어요.

"누나, 괜찮아?"

"응, 괜찮아. 어제는 동희가 얄미웠는데 이제는 괜찮아."

"참, 누나도. 별것도 아닌 거 가지고 토라져 그러냐? 그것도 남의 일에…."

"어머니는 모르지. 말하지 마!"

어릴 때부터 한집에서 자라서 그런지 작은어머니 대신 어머니라 부르지요.

예나는 큰아버지의 딸인데요, 직업이 군인인데 잦은 발령 때문에, 예나는 사촌인 우람이네 집에서 거의 자라다시피 하였어요. 처음 보는 사람들은 예나와 우람이를 쌍둥이로 알아요.

예나는 동갑이기는 하나, 우람이보다 생일이 삼 일 빠르거든요. 보통 누나라 부르지만, 가끔 화가 날 땐 이름을 부를 때도 있지요. 그러다 어른들이 듣기라도 하면, 야단도 맞곤 한답니다.

우람이와 예나는 버스에서 내렸어요.

시간이 흐르니 날씨는 점점 추워졌어요. 귀가 너무 시려 왔어요.

"너, 춥지 않니? 감기 들겠다. 왜 이러고 나왔니?"

예나가 우람이의 옷차림이 걱정되었는지 말했어요.

"응, 안 추워."

귀가 빨간 우람이를 보고는,

"잠깐만 기다려."

예나는 리어카에서 판매하는 목도리를 사 와서는 우람이의 목에 감아 주었어요. 정말 따뜻했어요.

"고마워, 누나."

서점은 큰길에서 내려 한참을 걸어야 했어요.

서점에 도착하자, 둘은 각자의 필요한 책을 사려고 헤어졌어요.

아마도 예나는 동희에게 화해의 선물로 동화책을 주려는지 그 앞을 서성입니다. 우람이는 모르는 척 자리를 피해 주었어요.

예나와 헤어져 집으로 돌아오는 길이었어요. 거리에 풀과 나무들이 서리를 맞아서인지 파랗고 예쁜 잎들이 맥없이 축 늘어져 있었어요.

노란 국화 화분에 때 없는 서리가 내려 시들시들 추위를 이기려고 온갖 애를 쓰고 있었어요. 우람이는 손으로 꽃잎에 서리를 쓸어 주었어요.

우람이는 목도리 덕분에 한결 따뜻해졌지만 그래도 등짝이 오싹거렸지요.

서둘러 집으로 오는데 동희가 기다리고 있었어요.

"동희야! 왜 여기 있어. 집에 들어가지 않고."

"응, 그냥. 집에 갔더니 나갔다고 하기에."

"너, 어제 일 때문에 예나 누나 만나러 온 거지?"

"응. 자식, 눈치는 빨라 가지고."

"여자한테 이기면 안 된댔어. 우리 아빠가 그러셨거든."

"예나 누나가 친구 일이라면 발 벗고 나서. 너도 당황했지?"

어제 단톡방에서 우연히 자외선 이야기를 하다, 예나가 햇볕 알레르기에 관하여 심각하게 이야기하자, 동희가 대수롭지 않다는 듯 받아쳐 좀 섭섭하던 터였지요. 사춘기가 되면 자기 일보다 친구 일에 앞장서서 말을 하곤 하지요.

그 일로 카톡방이 시끄러웠어요. 햇볕 알레르기의 심각성에 대해 동희는 예나만큼 와 닿지 않아서 일어난 일이었어요. 그 일로 예나도 기분이 좋지 않았는데, 동희도 그 일이 맘에 걸렸나 봐요. 이렇게 찾아온 걸 보면요.

"저기 예나 누나 오는데?"

동희는 우람이가 가리키는 쪽을 보았어요.

"예나야, 안녕."

"응, 왔어? 무슨 일이야."

"어제는 미안했어."

예나는 동희가 먼저 미안하다고 말을 해 줘서 고마웠어요.

먼저 사과를 해야 하나 어쩌나 한참을

갈등하였지요. 그래서 동화책을 주며 화해하려고 사긴 했는데, 오는 내내 갈등이 많았거든요.

“아니야, 나도 미안해.”

“그런데 햇볕 알레르기도 심각한 질병인 걸 이번에 알았어.”

“뭐, 그만한 일로 찾아오고 그러니? 번거롭게….”

“전화로 해도 되지만, 그 핑계로 같이 놀고 싶어서.”

“자, 받아!”

“뭔데? 이건.”

“동화책이야. 내가 읽어 보니 재미있어서 샀어.”

“예나야, 고마워. 나도 이거!”

동희는 주머니에서 군밤을 꺼내었어요.

우람이가 얼른 받으며,

“아직 따뜻한데? 아, 맛있겠다.”

“누나, 난? 내 건 없어? 너무해.”

우람이가 질투를 느끼며 투정을 부렸어요.

“넌 게임만 하잖아. 집에 가서 줄게.”

“추워! 들어가자.”

우람이는 예나와 동희를 보며 사소한 것도 마음에 쌓아 두면 갈등이 생기고, 오해의 불씨가 된다는 것을 알게 되었어요.

우람이는 예나와 동희가 화해를 해서 너무 좋았어요. 사실 중간

에서 입장이 난처했거든요. 집에 가면, 형한테도 먼저 미안하다
고 손을 내밀어야겠다고 다짐하였어요.

대문을 열고 들어서자, 형은 풍선으로 거실을 꾸미고 있었어요.
"형, 미안해! 내가 잘못했어."
"아니야, 어서 와! 그런데 형은 네 저금통 손대지 않았어. 아무렴
형이 코흘리개 네 돈을 쓰겠냐? 잘 찾아봐. 저금통이 바뀌었는지."
그 말을 듣고 예나가 급하게 방으로 들어가더니 저금통을 들고
나왔어요.
"이거 때문에 둘이 싸운 거야? 어쩐지 돈이 많이 들었다 했어."
예나가 당황해하며 저금통을 내밀었어요.
"저…게 왜? 거기서 나와? 응?"
"나도 몰라. 조카들이 가지고 놀다 잘 못 갖다 놓았나 봐. 고민하
지 말고 말을 하지 그랬어?"
우람이는 용돈이 생길 때마다 저금통에 넣어도 차오르지 않아서
누군가가 가져간다고 여겼어요. 그렇지 않고서야 있을 수가 없는
일이니까요. 속상한 마음에 할머니께 불쑥 말해 놓고는 후회가 되
었지요.
우람이도 자기 방에 있는 저금통을 가져다 보였어요.
다들 깜짝 놀랐답니다.

예나의 저금통에 비하면 빈 저금통이나 다름없었지요.

형은 소쿠리에 담긴 지폐와 동전을 내밀며,

"이 녀석! 잘 알아보지도 않고 온 가족들한테 도둑놈으로 소문을 내고 다녀?"

"형, 정말 미안해! 난 할머니께만 살짝 말했어. 그때는 너무 화가 나서…. 형이 그랬다고는 안 했어. 정말이야!"

우람이는 두 손을 싹싹 빌며 형한테 애교를 부렸어요.

"할머니가 걱정하신다며 삼촌이 오셨다 가셨어. 세별이가 놀러 오면 장난감으로 저금통에 동전 넣고 빼고 놀이를 좋아해서 그런 거라며 미안하다 하셨어. 말을 하려고 했는데 세별이 보느라 깜빡 하셨대."

"난 내 건 줄 알고 청소하면서 얹어 두었지. 어쩐지 저금통 배가 너무 부른다 했어. 네 거였구나!"

예나도 미안한지 고개를 푹 숙였어요.

"누~나!"

우람이는 경솔한 행동이 미안해서 얼굴이 화끈거렸어요.

"넌 형한테 물어보지도 않고 말을 그렇게 하면 돼?"

"정말 미안해, 형!"

형은 좀처럼 화가 풀릴 것 같지 않았어요.

"나도, 정말 미안해! 괜히 나 때문에…. 오빠, 미안해!"

"아니야, 찾았으니 됐어."

"그런데, 오빠 저건 다 뭐야?"

"응, 할머니 팔순 잔치를 못 하게 되어 서운하실까 봐 준비했어."

"우리 같이 하자!"

우람이가 말했어요.

"형, 나도 도와줄게."

동희도 형의 눈치를 보며 말했어요.

"응, 고마워. 할머니 생신인데, 매번 가게 일로 바쁘셔서 쉬지도 못하시잖아."

"와! 멋지다, 형! 우리 형 최고!"

우람이가 손뼉을 치자 동희와 예나도 하던 일을 멈추고 손뼉을 쳤어요.

형은 그동안 모은 용돈과 비상금으로 할머니께 보여 드릴 이벤트를 준비하고 있었어요.

우람이는 형의 깊은 생각을 알아차리지 못해 미안하고 쑥스러웠어요. 지난 부모님 생신 때는 맛있는 요리를 해 주었지요.

우람인 온종일 마음속으로 원망한 자신이 한없이 부끄러웠어요.

"형, 사랑해!"

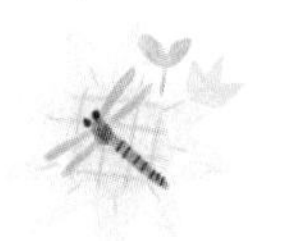

바다의 소망

송화의 빈자리

바다는 요즘 무척 쓸쓸합니다.

참! 바다가 누구냐면요, 유치원 때부터 지금껏 같은 반 친구인데요. 송화를 졸졸 따라다니는 보기 드물게 순진하고 장차 외교관이 꿈인 멋지고 잘생긴 남자아이랍니다.

처음엔 바다라는 이름 때문에 여자애 같다고 친구들로부터 놀림을 많이 받았는데요, 그때 혜성처럼 나타나 편들어 주던 친구가 바로 송화랍니다.

아버지께서 바다처럼 넓은 마음으로 주위 사람들을 감싸 안을 줄 아는 큰 인물이 되길 바라는 뜻에서 지은 이름인데, 그걸 알아

주지 않더라고요.

바다는 밥을 먹어도 놀이터에 가서 놀아도 온통 머릿속에는 보길도로 전학 간 송화 생각으로 가득합니다.

송화는 어릴 때부터 같은 동네에서 자란 단짝 친구로 성격도 밝고 명랑한 친구인데요. 한 달 전만 해도 함께 어울리며 즐겁게 놀던 친구가, 바다 건너 먼 곳으로 훌쩍 이사를 가 버렸습니다.

바다는 생각이 깊고 마음이 착하여 도움이 필요로 하는 친구들을 잘 도와줍니다. 그래서 송화는 여자 친구들이 모여서 놀 때면 항상 바다를 데리고 가곤 한답니다.

바다와 늘 단짝인 이유도 있지만, 송화 동생 용화 때문입니다. 용화가 남자아이다 보니 송화가 미처 못 해 주는 것을 바다가 해결해 주어서, 송화도 그런 바다를 참 고마워하지요.

바다는 송화가 부탁할 때면 너무 기쁩니다. 언제부턴가 바다는 송화 생각만 해도 미소가 그려지지요.

학교에서 돌아오는 바다는, 그런 송화를 떠나 보낸 마음이 복잡해서 집에 가는 길이 너무 멀게 느껴졌어요.

'겨우 한 달 지났는데 송화가 너무 보고 싶네. 쫑화는 두고 간다면서 왜 데리고 갔대? 어른들은 다 거짓말쟁이야.'

괜히 길에 떨어진 돌멩이에 화풀이하듯 툭 찹니다.

'아, 아… 내 발가락, 너무 아…파….'

바다는 돌멩이를 찬다는 것이 그만 땅을 차고 말았습니다.

눈물이 자신도 모르게 주르륵 볼을 타고 내렸어요. 아무도 모르게 엉엉 소리 내어 울고 싶었지만 누가 보기라도 하면 놀림감이 될까 봐 꾹 참습니다.

순간 송화도 용화도 쫑화도 미웠어요. 하지만 금방이라도 송화와 용화가 '바다야' 하고 부를 것만 같아서, 미운 마음은 곧 떨쳐 버립니다.

쫑화는 송화네 강아지 이름인데요, 일 년 전 주인에게 버림받고 마을 뒷산에서 길을 잃고 헤매는 것을, 송화 아버지가 가엾게 여기고 데려왔어요.

송화 아버지는 목욕도 시켜 주고 밥도 주며, 다시는 주인을 잃지 않게 구청에 등록도 해 주었지요. 바다를 무척 따랐던 쫑화도 송화만큼이나 눈앞에 아른거립니다.

계절은 이제 막 오월로 접어들었는데, 햇살이 어찌나 뜨거운지 마치 여름처럼 느껴졌어요. 어느새 아카시아 꽃 향은 바람을 타고 콧등을 간질입니다.

5月

투덜거리며 집에 도착한 바다는 할머니께 인사도 하는 둥 마는 둥 하고 방으로 들어갔어요.

"할머니, 저 다녀왔어요."

할머니는 바다가 평소와는 다른 표정임을 살피고는,

"우리 강아지, 뽀뽀도 안 하고 가니? 할머니 뽀뽀해 줘야지."

바다는 다시 방문을 열고 나와,

"할머니, 오늘 안 하면 안 돼요? 오늘은 뽀뽀하고 싶지 않단 말이에요."

"응, 그래? 우리 강아지 기분이 별로구나. 친구랑 싸웠니?"

"아니요. 제가 뭐 싸움꾼인가요? 송화랑 용화가 없으니 허전해서 그러죠. 학교 가도 텅 빈 것 같고 재미가 없어서 빨리 왔어요."

"할머니도 송화가 보고 싶구나. 연락이 없으니 소식이 궁금하기도 하고…. 우리 강아지, 뭘 먹어야 기운이 나려나. 해물파전 해 줄까?"

"아무것도 먹고 싶지 않아요."

"할머니가 먹고 싶어 그러지. 얼른 부쳐서 같이 먹자."

"싫다니까요!"

바다는 대답하고 나서도 미안한지 피식 미소를 보입니다. 그리고 할머니도 송화가 보고 싶다는 말씀이 조금은 위로가 되었어요.

빈방에 혼자 있는 바다는 송화와 같이 놀았던 기억들이 자꾸 떠오르고, 눈물이 맺혀 와 아무것도 할 수가 없었어요.

태연한 척 숙제하려고 동화책을 꺼내 들어도 지난날 자신이 한 못마땅한 행동이 후회가 되었답니다.

3학년 때였어요. 바다 생일날, 송화가 예쁘게 포장된 사탕을 선물하였지요. 그런데 친구들이 이날 이후로 둘이 사귄다고 마구 놀렸답니다.

바다는 친구들의 놀림에 속상해서, 송화가 준 사탕 때문이라며 탓을 송화에게 돌렸거든요. 그때 송화의 마음이 얼마나 민망했을지 지금 생각하니 자신이 부끄럽습니다.

그러고는, 문득 유비로부터 들은 송화네 얘기가 떠오릅니다.

바다가 학교 점심시간에 조용히 공만 만지작거리고 있자, 같은 반 유비가 내내 바다 눈치만 보고 있다가 저쪽에서 큰 소리로 말했어요.

"바다야, 어서 와! 같이 놀자. 너 송화 때문이지? 너희 둘이 사귀기라도 했냐? 네가 자꾸 그렇게 멍하니 있으니까 사귄 걸로 보여."

유비가 공놀이를 하다 말고 다가와 말을 걸었어요. 그렇게 해서라도 바다의 축 늘어진 기분을 풀어주려고 한 것이지요.

"뭐라고? 너, 자식 이리 안 와?"

"그러니까 왜 그러냐고! 지환이가 같이 놀자고 해도 무시해 버리고…. 넌 송화 없이는 아무것도 못하지? 우리도 송화 보고 싶어. 이런다고 송화가 다시 오는 것도 아닌데, 왜 그래?"

"그게 아니야! 걱정되어 그러지. 전화 연결이 안 돼. 일부러 안 받는 건지, 내가 뭘 잘못했나 하고 생각 중이거든. 귀찮아! 너나

가서 놀아."

"바보, 섬이니까 그렇지."

"아니야! 엄마한테 보길도에 대해 여쭈어봤는데, 땅끝마을에서 배 타고 45분 정도 들어가서 15분 정도 차로 이동하는데 유명한 관광지래."

"송화 어머니가 편찮아서 쉬러 가신다고 했는데 관광지로 가셨겠니? 너도 참 바보구나. 송화가 이사 간 건 송화 어머니 요양 때문이잖아. 공기 좋은 곳에서 치료받으려고."

"응, 그건 그래. 송화는 외할머니가 사시던 곳을 간다고 좋아하던데…."

"우리 아버지와 어머니가 하신 말씀을 우연히 들었는데, 전기만 겨우 들어오고 인터넷도 안 되는 오지래. 그래서 문화를 접할 수 있도록 통신 신청을 올린 상태라 하셨어."

"그게 사실이니?"

"응, 우리 어머니와 송화 어머니 친구잖아."

송화 어머니와 유비 어머니는 타지에서 만난 아주 오래된 사이랍니다. 그래서 일손이 바쁠 때면 송화네 가게에 가셔서 자주 도와드리곤 했답니다.

"아버지께 이번 토요일 스케이트 타러 가자고 말씀드리려 안방에 갔는데, 방문이 조금 열려 있는 걸 모르고, 두 분이 말씀 나누

시며 어머니가 울고 계셨어. 그래서 무슨 일이 있나 하고 들었지. 걱정도 되고, 조금 죄송한 마음은 들더라. 그런데 송화네 얘길 하시잖아."

유비는 송화가 이사 가는 전날 밤에 들은 이야기를 바다에게 들려주었어요.

"당신, 송화네가 이사 간다는 곳이 어딘 줄 들었어요?"

"음, 당신도 들었다니 마음이 많이 쓰였겠소."

"아이들한테는 얘기 안 했는데 외딴집이래요. 화영이 정말 괜찮을까요? 애들은 또 어쩌면 좋아요? 당신이 좀 알아보세요. 도와줄 일이 있는지."

"벌써 알아봤지. 화영 씨 태어난 곳인데 건물이 낡아 수리하는 데도 비용이 많이 든다고 들었는데, 지원할 방법이 있는지 찾는 중이니 너무 걱정하지 말아요. 참, 통신은 급한 대로 미리 설치를 해 달라고 신청 넣었으니까."

"번번이 고마워요."

"당신, 내일 자금이 필요하니 준비 좀 해 줘요. 그 친구 요즘 많이 힘들 거야. 화영 씨 병원비며 용화 치료비로 살던 집 청산하고 겨우…. 중고차 삼백 주고 샀다고 들었소."

이야기를 듣고 난 바다는 표정이 더 굳어졌습니다.

"바다야, 기운 내! 송화 소식 궁금해할 것 같아 말했는데 잘했는지 모르겠다. 사실 나도 무척 놀랐거든. 송화한테 전해 들은 말과 너무 달라서….”

“응, 그러게! 괜찮아야 할 텐데. 만일 송화가 모르고 갔다면….”

송화는 알고 갔는지 모르고 갔는지 바다 머릿속이 더 복잡합니다.

“고마워, 유비야. 말하기 힘든 얘길 해 줘서.”

“그러니까 힘내. 우리 여름 방학이 되면 보길도 보내 달라고 하자.”

유비가 바다의 어깨를 툭 칩니다.

“응, 알았어. 잘난 체 그만해.”

수업 예비종이 울려 둘이는 교실로 향했습니다.

유비도 송화가 많이 보고 싶지만, 바다가 송화를 좋아하는 것을 친구들은 다 알기 때문에 표현을 못 할 뿐이랍니다.

바다는 마음속으로 유비 아버지가 참 고맙기도 하고 부러웠어요.

유비 아버지는 시청에서 복지에 관한 일을 하셔서 도움을 얻기 위해 가끔 동네 분들이 집으로 찾아오시면 친절하게 설명해 주십니다.

‘치, 우리 아빠도 시청 공무원이나 하시지. 웬 학원 원장이람.’

이 순간도 송화를 도와주지 못하는 아버지가 야속했습니다.

송화네가 이사 간다고 유비네와 바다네 가족들이 다 모여서 식사 자리를 같이하자고 했는데, 바다 아버지와 어머니는 바쁘다는 이유로 함께하지 못하고 끝내 이사를 갔기 때문에, 바다 입장에서는 섭섭한 마음이 들었어요.

다음 주면 스케이트 타러 간다는 유비 말을 듣고 보니 바다도 가고 싶어졌어요.

'나도 아빠한테 스케이트 타러 가자고 말해 봐야지.'

집에 있는 내내 바다는 너무 심심했어요. 할머니도 경로당에 가시고 안 계시니, 이 틈을 타 아버지께 전화를 걸었지요.

바다의 아버지는 평일에는 중학생, 주말에는 고등학생 누나들과 형들을 가르치기 때문에 거의 얼굴을 못 보고 잠들 때가 많답니다. 토요일과 일요일은 평일보다 더 바쁘니 이해를 하다가도 문득 화가 납니다.

어머니는 조금 일찍 귀가하시기는 한데 거의 밤 10시가 다 되어 들어오시지요. 퇴근해 오셔도 상담전화 받느라 쉴 틈이 없는 어머니를 볼 때면, 투정을 부리고 싶다가도 금방 그 마음이 사라지곤 한답니다.

지금 안 하면 또 놓칠 것 같아서 전화기를 들었어요.

"네, 입시학원입니다."

"여보세요. 안녕하세요? 저, 오민수 원장님 부탁합니다."

"지금 수업 중이신데요. 누구라고 전할까요?"

"저는 바다라고 합니다."

"응, 바다구나! 반가워."

"네, 그러면 남광희 부원장님 좀 바꿔 주세요."

"지금 두 분 다 수업 중이시라 20분 후에 통화 가능해."

"그러면 좀 전해 주세요. 바다한테 전화 왔었다고…."

"응, 알았어. 꼭 전해 줄게."

"네, 감사합니다."

전화를 끊은 바다는 통화 연결이 안 될 거라는 걸 잘 알고 있었어요. 매일 6시가 되면 집으로 전화가 오기 때문에 전달 사항은 그때 말하기로 약속이 되어 있답니다.

바다도 기다렸다가 할 수 있었는데, 오늘은 여러 가지로 화가 납니다. 분명 할머니께 전화를 걸어 무슨 일이냐고 여쭈었을 것이 뻔합니다.

바다는 이번만큼은 전화를 걸어 주기를 기다립니다.

용화의 사고

아버지 전화를 기다리는 동안 또 다른 그림 하나가 머리를 스치고 지나갑니다.

유비 어머니와 송화 어머니가 친구인 것도 맘에 걸리고, 다시는 생각하고 싶지 않은 용화의 사고도 떠올랐습니다.

'유비는 좋겠다. 유비 어머니와 친구 사이면 언제든지 보길도 놀러 갈 수도 있고…. 난 뭐야! 송화한테 해 줄 게 아무것도 없네. 용화가 사고로 다치지만 않았어도….'

순간 바다는 이 모든 것이 용화가 사고로 다쳐서 생긴 거라고 여기며 원망을 했습니다.

"용화, 너 때문이야, 너 때문이라고…!"

하늘을 쳐다보며 고래고래 소리를 쳤습니다.

여태 단 한 번도 용화를 원망해 본 적이 없는 바다인데, 송화가 곁에 없으니 별별 생각으로 자신도 미워지는 바다입니다.

사실 용화는 지금 3학년이고, 용화가 초등학교 1학년 봄방학 때 친구가 사는 아파트 앞에서 인라인을 타고 놀다가 사고로 다리를 심하게 다쳤어요. 순식간에 일어난 끔찍한 사고였지요.

많이 다쳤다는 연락을 받고 병원으로 달려갔을 때는 그냥 몇 주 지나면 나을 줄 알았는데, 상처 부위가 너무 심해서 발목 한쪽을 잃을 수도 있다고 담당 선생님께서 말씀하셨어요. 그 말을 들었을 때는 다들 정신을 잃고 말았어요.

송화 부모님은 어떻게든 그렇게 되어서는 안 된다며 의사 선생님께 애원했어요. 의사 선생님은 빨리 결정하지 않으면 치료 방법도 힘들고, 그나마 어린 용화가 고통을 덜 받게 하려면 그 방법이 최우선이라고 하셨지요.

송화 아버지의 설득으로 수술을 하려고 하는데, 다시 송화 어머니가 못 하게 해 한바탕 소란이 벌어졌답니다. 송화 아버지도 송화 어머니의 고집을 꺾지 못하고 어린이 전문 병원으로 옮겨서 치료를 받게 되었어요.

그곳에는 용화보다 더 어렵고 힘든 환자들이 많았습니다. 병실에 누워 있는 용화는 아무것도 모르고, 조금 시간만 지나서 몇 밤 자고 나면 괜찮을 거라고 믿었어요.

어린 용화가 충격을 조금이라도 덜 받기 위해, 좀 지난 다음에 말하려고 가족들도 전혀 내색은 하지 않았답니다. 어린 용화가 받아들일 상처가 얼마나 깊은지를 알기에 말이에요.

바다는 송화네가 겪었던 일들이 어제 일처럼 떠올랐어요.

생각을 떨쳐 버리려고 해도 머릿속에서 빙빙 바다를 따라다닙니다.

바다의 눈가에는 눈물이 두 볼을 타고 내렸어요. 그때를 빨리 잊어버리고 싶은데, 사슬처럼 얽혀서 바다를 괴롭힙니다.

재활받던 내내 힘들어하던 용화를 똑바로 볼 수가 없어서 얼마나 마음이 아팠는지 모릅니다. 그래서 주말만 되면 용화한테 가서

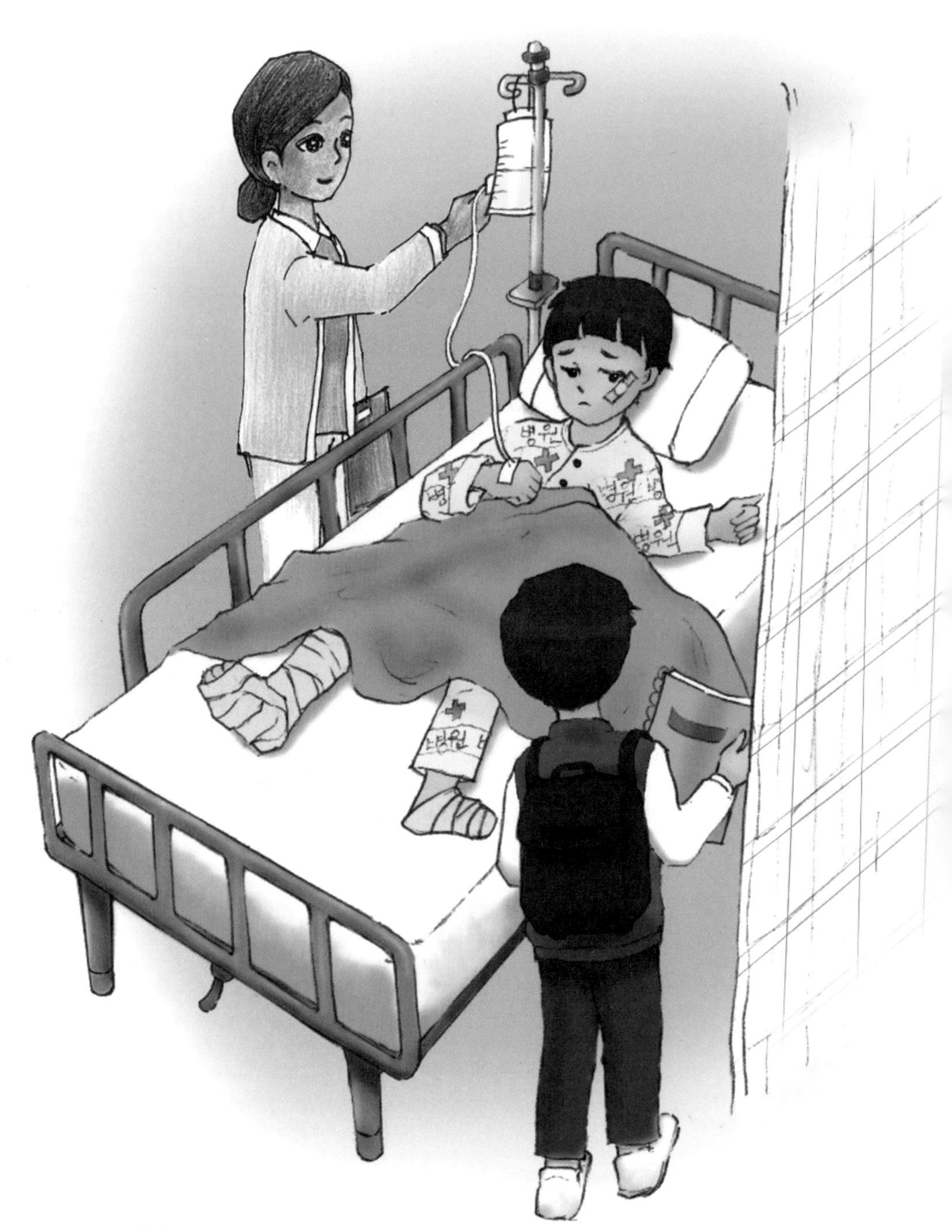
병원

말동무도 해 주고 동화책도 읽어 주면서 시간을 같이 보냈어요.

"용화야, 넌 정말 대단해! 넌 역시 멋진 동생이야. 넌 그림을 잘 그리니 꼭 유명한 화가가 될 거야."

언제나 용기를 주는 바다입니다.

"응, 고마워, 형! 난 그림 그릴 때가 제일 재미있고 행복해."

단풍으로 물든 가을 산을 아름답게 그립니다.

바다는 그림에는 소질이 없지만, 용화가 병실에 누워 있으면 심심할까 봐 예쁜 풍경, 동물들 등을 찍어서 용화가 보고 그릴 수 있게 프린트도 해 주었어요.

"형, 나 걷고 싶은데, 엄마는 자꾸 그림만 그리라고 해. 내가 그림을 화가처럼 잘 그리게 되면 그때 걸을 수 있대. 나 친구들도 보고 싶고… 학교도 가고 싶어."

"응, 용화야, 다음에 올 때는 너희 반 아이들 모습을 보여 줄게."

"정말이지, 형? 거짓말하면 안 돼."

"그럼, 알았어. 동영상 찍어서 올게."

바다와 송화는 용화 반 아이들의 소식을 담은 영상을 찍어서 전하곤 했지요.

그런데 시간이 흐르면서 어린 용화도 눈치를 채고는 예전처럼 걸을 수 없다는 것을 알게 되었어요.

"형, 엄마는 내가 바본 줄 아시나 봐. 자꾸 다 나으면 괜찮다고

만 하셔.”

“그게 무슨 말이야?”

“사실, 나 다 아는데…. 엄마 자리 비운 사이에 사람들이 수군거리는 소리 들었어.”

“뭘 들어? 네가 잘못 들었겠지.”

바다는 용화가 알고 있다는 사실이 너무나 놀랐어요. 시치미를 뚝 떼기는 했지만, 걱정되었어요.

“누나한테 말했더니, 누나는 못 들은 척해. 걸을 수 있다고만 하고…. 형아, 엄마가 내가 잠들 때면 자꾸 우셔. 그래서 속상해.”

용화는 어머니가 자신 때문에 힘든 것 같아, 마음이 아파서 말도 못 하고 속으로 삼킵니다.

“용화야, 재활 잘하면 걸을 수 있어. 예전처럼 뛰어놀 수도 있고, 걱정하지 마.”

“형아, 나랑 잘 놀아 줘야 해! 학교 가면 친구들이 놀릴 텐데. 나 장애라고….”

“아무도 놀리지 않아. 놀리면 형이 혼내 줄게!”

형제처럼 다정한 바다는 용화에게는 든든한 형입니다.

사고가 있고 난 후, 용화는 의젓해졌어요.

어리광도 피우지 않고, 이렇게 잘 이겨 내 준 용화를 보면 동생이지만 참 기특합니다.

용화가 거의 다 나아 갈 때쯤, 송화 어머니는 상담 선생님을 통해 용화가 최대한 충격을 덜 받고 현실에 적응할 수 있도록 도움을 받았습니다.

다행히 재활이 잘되었어요. 한쪽 다리 장애를 입어 뒤뚝뒤뚝 절면서 다니지만, 의족을 안 해도 되니 잘 이겨 내었지요.

하지만, 끝은 여기가 아니었어요.

갑작스런 변화

용화가 사고를 당한 후, 송화네는 가정환경이 완전히 달라졌습니다.

용화가 병원에 있는 동안에 엄청난 병원비를 감당해야 했고, 용화 재활에 매달리느라 온 가족이 정신없이 지내다 상태가 좀 호전되었다 싶을 때쯤, 송화 어머니에게 우울증이 찾아왔습니다.

용화가 지금 이 상태로 완치되기까지는 송화 어머니의 노력이 제일 컸답니다.

치료를 잘 받아서 용화는 퇴원해서 잘 적응했는데, 사고 당시 너무 충격으로 인해서인지, 용화 치료비가 많이 들어서 갑자기 어려워진 가정환경 때문인지, 용화의 다리가 나아갈수록 송화 어머니의 우울증이 심했습니다.

사고 전만 해도 송화네는 아무 걱정 없이 행복했습니다.

송화 어머니는 송화 아버지를 도와 동네에서 떡집을 운영하시고, 직원도 다섯 분이나 두고, 송화 아버지는 지난해 전국 우리나라 떡 경연대회에서 대상을 받은 떡 장인이지요. 떡 박람회에서도 호응도가 좋아서 떡 기술을 전수받기 위해서 외국인 근로 학생들이 기술을 배우러 온답니다.

떡집 일이 바빠지게 되자 송화 어머니는 아버지를 도와 새벽부터 밤늦게까지 일을 해야 했고, 용화를 돌보는 건 송화 차지가 되었지요.

"송화야, 엄마가 많이 미안해. 용화 잘 부탁해."

"네, 그런데 엄마, 이젠 장사도 잘된다고 하시니 직원 한 명 더 두면 안 돼요? 친구들이 놀려요. 화장실 데리고 갈 때도 불편하고…. 차라리 여동생이면 괜찮아요."

송화는 화난 투로 어머니께 말을 했어요.

"엄마, 요즘 용화는 제 말도 잘 안 들어요. 학교 마치면 곧바로 오라고 해도 친구 집으로 가서 찾게 하고요. 엄마가 돌보면 안 돼요? 네에?"

송화는 그동안 힘들었다는 얘기를 어머니께 한 적이 없어 어머니는 순간 당황했어요.

“애…. 송화야! 송화야!”

놀라며 어머니가 송화를 불렀지만, 송화는 자기 방으로 들어가 버렸어요.

“송화야!”

송화가 마음이 많이 아픈 것 같아서 어머니는 조심스럽게 방문을 똑똑 두드리며 방으로 들어갔어요.

“송화야, 엄마랑 얘기 좀 하지 않을래? 그동안 엄마가 미안했어. 우리 딸 힘든 줄도 모르고…. 우리 딸 덕분에 엄마는 편하게 일하는걸. 엄마가 아빠와 의논해 볼게.”

“네, 엄마… 죄송해요.”

송화가 엄마 품에 안기자 소낙비와 같은 빗줄기가 두 눈에서 마구 흘러내렸어요. 어머니도 같이 울었답니다.

엄마의 얘기를 듣고 난 송화는 조금 전에 한 행동이 너무나 부끄러웠어요. 투정을 부리고 나니 편하지는 않았어요. 그러나 더는 친구들로부터 눈치받기 싫었어요.

“그래, 알았어. 엄마가 중간중간 집으로 갈게. 학원을 보내고 싶어도 너무 어리잖아.”

“용화도 이젠 2학년인걸요. 알았어요. 제가 잘 돌볼게요. 대신 허락 없이 친구 집에 몰래 가지 않게 해 주세요. 저, 매번 찾으러 다녀요."

"용화야, 용화야!"

송화 어머니의 목소리가 높아졌어요.

"네, 엄마. 불렀어요?"

"용화 너, 요즘 왜 누나 말 안 듣고 말썽을 부리니? 누나가 너 데리고 놀아 주지 않으면 어쩌려고 그래?"

용화는 금세 눈물을 뚝뚝 흘렸어요.

"오늘도 말도 없이 아랫마을 친구 집에 갔다며?"

"그건… 휴대폰이 없어 연락을 못 했어요. 말을 하고 싶어도 누나는 아직 학교에 있고, 집에 와서 전화했는데 엄마는 전화 안 받고…. 그래서 조금만 놀다 온다는 것이 죄송해요. 엄마, 잘못했어요. 누나, 미안해!"

용화는 엄마 눈치를 살피며 덥석 엄마 품에 안겨서 눈물을 흘립니다.

"누나 말 잘 들어야 해. 이 녀석, 너 누나 말 안 듣기만 해! 엄마가 혼을 낼 테니까."

"네, 엄마! 그런데요, 누나 맨날 나만 혼내요. 친구 집에도 못 가게 하고, 게임방도 가면 안 된대요."

송화 어머니는 아이들의 이야기를 듣고 마음이 아픕니다.

"엄마, 가게 나가지 말고 나랑 놀아요. 다른 친구들 엄마들은 다 집에 있단 말이에요."

엄마는 이래저래 속이 상합니다.

"그래, 알았어."

엄마는 용화를 꼭 안아 줍니다.

송화 어머니는 아버지께서 퇴근해 오시자, 용화 때문에 가게를 나갈 수 없으니 대책이 없겠냐고 말을 했어요.

요즘 경기가 예전 같지 않아서 직원을 두는 건 당장은 어려움이 따랐지요. 그래서 규모를 줄여서 운영하기로 결론을 내렸습니다.

사실은 봄방학까지만 도와주기로 했는데, 그사이 사고가 나고 말았습니다. 그 후론 송화네의 행복한 삶이 점점 무너져 갔죠.

용화의 사고도 감당하기 어려운데, 송화 어머니의 우울증까지 겹쳐서 집안이 폭풍이 밀려왔다 간 것처럼 혼란스러웠어요.

송화 어머니는 요양원에서 치료를 받았어요. 그런데, 상태가 좋아지지 않자 딴 곳으로 가서 요양하라고 하였지요.

그래서 공기가 좋고 어릴 때 추억이 담긴 보길도, 송화 어머니 고향을 가게 되었답니다.

그래도 송화는 늘 씩씩하고 명랑했어요.

용화의 사고가 송화 자신 때문이라며 자책도 했답니다. 학원 때문에 같이 놀아 주지 못해서 변을 당한 것 같아 속으로는 많이 울었어요. 송화가 슬퍼하면 부모님이 더 힘드실까 봐 놀이터에 와서 속상함을 달래곤 했으니까요.

예전에는 송화가 친구들하고 노는 놀이에 용화가 같이 끼고 싶어 할 때는 귀찮았는데, 요즘은 전혀 싫은 내색하지 않고 잘 데리고 놉니다. 오히려 친구들도 용화가 할 수 있는 놀이를 하자며 먼저 말을 해 줘서 고마웠지요.

눈물의 송별식

이런 송화도 정든 친구들과 헤어진다는 것이 슬프고 마음이 아팠습니다.

이사 가기 전 송별회를 했는데, 송화는 울기만 했어요. 다른 친구들도 피자를 시켜 놓고 아무도 먹으려 하지 않아, 훌쩍훌쩍 눈물이 피자를 먹고 있었습니다.

평소에 유머가 뛰어난 한솔이가 분위기를 바꿨지요. 몸을 던지며 노래도 부르고 어설픈 마술도 하면서 말이에요.

바다는 송화에게 예쁜 필통과 메모리 카드를 선물하였는데요, 며칠을 어머니께 졸라서 깜짝 선물로 영상을 만들어 주었답니다.

그렇게 울다 웃다 그렇게 친구들과 작별을 한 송화는 미리 준비해 둔 우편물을 가지고 우체국으로 갔습니다.

남아 있는 친구들에게 줄 선물인데요, 손편지로 또박또박 적은 편지에다가 용화가 그린 그림도 함께 넣어 이사 가는 날 도착될 수 있게 했지요.

바다는 송화가 그리울 때면 매일 꺼내 보곤 한답니다.

오늘도, 바다는 송화를 생각하면서 잠이 들었어요.

따뜻한 봄볕이 유리창을 뚫고 내려앉아 강하게 비추자, 바다는 덥고 힘이 빠지고 지쳤나 봐요.

꿈속에서 반가운 얼굴들이 나타나 신나게 놀았지요. 커다란 유람선을 타고 파도가 출렁이는 바다를 달립니다.

"송화야, 보고 싶었어. 도착하면 바로 연락을 준다고 하더니, 왜 전화도 안 했어? 나… 보고 싶지 않았니?"

"아니, 보고 싶었어. 친구들도 보고 싶어."

"형아…!"

"용화야, 잘 지냈니? 반가워!"

바다 아버지는 어쩐 일인지 전혀 없던 일인데, 오늘은 일찍 귀가하셨어요. 사람이 들어와도 모르고 쿨쿨 자면서 잠꼬대하는 바다를 한참 바라봅니다.

'이 녀석, 언제 이렇게 컸지?'

바다는 새 학기가 시작된 후로, 키가 많이 자랐습니다. 아버지는 조심히 바다의 얼굴과 손, 발을 물수건으로 닦아 주고는 씩 웃습니다.

조용히 숨을 죽이며 지켜보는데, 바다는 혼자서 소리 내어 웃다가 크게 소리를 질렀다가, 얼굴을 찌푸리다가 꿈속에서 바쁩니다.

'송화 때문에 많이 힘들다고 해서 영화 보러 가자고 왔더니 전화를 하고 올걸. 깨울 수가 없네.'

늘 바쁜 아버지도 바다가 신경이 쓰이나 봅니다. 낮에 걸려온 전화가 바다 아버지의 마음을 짠하게 해 걱정이 되었지요.

바다 아버지는 바다를 안고 안방으로 갔어요. 오늘만큼은 바다와 함께 있어 주고 싶었답니다.

다음 날, 아침도 먹는 둥 마는 둥 하자, 바다 아버지가 말씀하십니다.

"송화가 많이 보고 싶은가 보구나. 여름 방학 때 놀러 가면 되잖니? 송화 엄마가 완치되면 다시 온다고 했으니, 친구들과 신나게 놀아라."

바다 부모님은 번화가에서 학원을 운영하셔서 부모님 얼굴은 아침에 잠깐 보는 게 전부라, 아침 식사는 꼭 가족들과 함께 먹는답니다.

아버지의 말 한마디에 바다는 힘이 났어요.

"당신, 지키지 못할 약속은 바다한테 하지 말아요. 번번이 애가 얼마나 기다리는데요!"

"나와 못 가면 당신이 데려가면 되잖소. 허 참, 그 사람."

"그러잖아도 유비네 스케이트 타러 간다고 부러워하는데…."

"바다야, 스케이트 타러 갈래? 유비 아버지하고 같이. 지난번에 유비 아버지가 너만 좋다면 같이 가자고 하시던데. 아빠가 부탁을 드렸거든. 놀이공원이나 박물관에 유비 데리고 갈 때 우리 바다도 좀 데려가 주면 어떻겠냐고. 흔쾌히 좋다 하시던걸."

"싫어요, 아빠. 전 아빠랑 가고 싶단 말이에요. 아무 곳도 가지 않을래요."

"바다, 삐졌니? 이젠 4학년인데 더 어리광을 피우네?"

바다 어머니는 못마땅한 얼굴로 말씀하시지만, 평소 말썽 피우지 않는 바다를 보면서 많이 고마워합니다.

바다 아버지는 투정 부리는 바다를 보며,

"5월 셋째 주 1박 2일로 독도 갈까?"

라며 바다의 눈치를 살핍니다. 작년까지만 해도 독도에 가자고 애를 태우던 바다였기에 슬쩍 던졌어요.

"아빠는 우리 보고 약속 잘 지켜야 한다고 하시면서, 아빠는 매번 바쁘다며 취소하고…. 친구들한테 여행 간다고 자랑도 못 해요. 비행기 타 보지 못한 애는 우리 학교에서 저밖에 없을걸요."

바다는 울먹이며 계속 말했어요.

"엄마한테 말하면 아빠한테 여쭤보라 하고, 우리 집에서 나는 외톨이인 걸요, 외톨이!"

"바다야, 너 말버릇이 못쓰겠구나. 아빠 엄마가 일하니까 바다가 이해 좀 해 주면 안 될까? 엄마도 속상해."

"작년 가을에 곡성 오토캠프장도 간다 하고선, 유비네와 송화네만 캠핑장 갔고 우리만 못 갔잖아요. 친구들이 갔다 와서 귀가 따가울 정도로 자랑을 하는데…. 전 앞으로 엄마, 아빠랑은 약속 안 할 거예요. 저도 이젠 어린애가 아니라고요!"

"바다가 속상했구나. 아빠도 약속을 지킬 수 있도록 노력할게. 우리 아들이 많이 가고 싶었구나."

바다 아버지는 바다의 등을 토닥여 주었어요.

하지만 여전히 바다는 뚱한 표정을 지었습니다.

"저, 놀이터 다녀올게요."

"아침부터 놀이터는 왜?"

바다 어머니는 바다의 행동이 못마땅합니다.

"응, 조심해서 놀아. 위험한 장난하지 말고. 친구랑 자전거 탈 땐 꼭 보호 장비를 착용해야 해!"

대신 바다 아버지께서 인사를 받아 주시며 어머니께 그만 좀 하라는 눈짓을 보냅니다.

"네, 아빠. 걱정하지 마세요. 그렇게 안 놀아요."

바다는 미소를 지어 보입니다.

바다 어머니도 웃으시며 잘 다녀오라고 손을 흔듭니다. 용화 사고 이후론 바다 어머니는 걱정을 많이 합니다.

"그래, 바다야. 엄마 말씀 꼭 기억하고 친구들이랑 놀다 와."

한 번 더 다짐을 받는 바다 아버지입니다.

"네, 아빠."

바다가 대문을 나서자 바다 아버지가 따라 나와 머리를 쓰다듬어 줍니다.

"바다야, 조금만 놀다 와. 아빠랑 산책하자."

"네, 아빠. 다녀올게요."

바다의 아침 식사 시간은 다른 가족들의 저녁처럼 분주합니다. 이렇게 늘 생활을 계속해 왔기 때문에 전혀 이상하지 않았어요.

바다가 커 갈수록 신경을 써야 한다며 바다 어머니는 바다 아버지께 늘 말씀하십니다. 사춘기가 오기 전에 바다와 많은 대화도 하고 같이 시간을 보내라며 말이에요.

바다가 그동안 불만을 드러내지 않은 건 송화가 누나처럼 다독여 주었기 때문이지요.

속상한 표정을 짓는 날이면 송화는,

“바다야, 너 여행 간다고 그러지 않았어? 부모님 바쁘셔서 못 갔나 봐. 다음엔 가면 되지. 기죽어 있지 마.”

바다는 송화가 위로해 주던 말들이 생생히 떠오릅니다.

놀이터에 유비라도 와 있길 바라면서 갔지만 텅 빈 놀이터 바다뿐입니다. 아직 이른 시간이라 친구들이 아무도 없었어요.

혼자 그네에 앉아서 하늘을 봅니다. 먹구름 한 점 없는 하늘에, 두둥실 떠가는 흰 구름 가족이 부럽기만 합니다. 저 구름에 오르면 바람을 타고 송화가 있는 곳까지 데려다줄 것만 같습니다.

‘에잇, 심심하다. 아빠랑 탁구나 칠걸.’

쫑화와의 만남

그런데, 갑자기 차가 빵빵거리며 소란스러웠습니다.

바다는 그네에서 내려 소리 나는 곳을 바라보는데, 커다란 개 한 마리가 도로를 질주하며 달려오고 있었어요. 뒤에는 주인이 이름을 부르며 따라오고 있었어요.

자세히 보니 그토록 바다가 그리던 쫑화가 아니겠어요? 바다는 너무나 놀라서 달려갔어요.

보통 때 같으면 인도를 걷는 쫑화가 도로 가운데를 막 달려서, 사고라도 날까 봐 걱정이 되었지요. 순간 반갑기도 하고요.

쫑화는 단숨에 달려와 바다 품에 안겼어요. 쫑화는 바다 품에 안겨서 낑낑대며 얼굴을 비비며 꼬리를 살랑살랑 흔들며 바다 얼굴을 핥았어요.

"쫑화야! 쫑화야! 너, 왜 여기 있니? 누나 따라 안 갔니?"

바다는 반가움에 꼭 안고서 숨 쉴 틈도 없이 묻습니다.

"얼마나 보고 싶었는데…. 너도 같이 갔다고 할머니가 말씀하시던데. 대체 어디 갔다가 이제 온 거니?"

쫑화는 낑낑대며 바다 품에 안겨서 눈물을 흘렸고, 바다도 쫑화를 보자 너무 반가워서 울었어요.

조금 뒤, 쫑화를 쫓아온 분은 송화 아버지였습니다.

쫑화가 배를 타는 것을 무서워해서 아는 지인분께 맡겼는데, 아무것도 먹지 않는다고 연락을 받고 걱정이 되어 바다네에 쫑화를 부탁하려고 오던 길이랍니다.

바다는 기쁨도 잠시, 많이 약해 있는 쫑화를 보니 마음이 아팠습니다. 쫑화도 가족들이 많이 그리울 것 같아 안쓰럽습니다.

바다는 송화 아버지를 보자 송화 안부부터 물었어요. 아직은 낯선 환경에 다들 힘들어한다는 소식을 전해 듣자, 바다의 마음이

무겁습니다. 하지만 이렇게라도 소식을 전해 들을 수 있어 참 다행이란 생각이 들었어요.

송화 아버지께서 섬이라 휴대폰 수신이 잘 안 된다며, 다음 달쯤 일반 전화 설치가 가능하다고 하였어요. 그렇게 되면 인터넷으로 공유할 수 있어 송화와 용화를 자주 만날 수 있을 것 같아서, 바다는 모처럼 기분이 좋습니다.

마치 하늘에 떠 있는 하얀 구름 가족이 소원을 들어준 것처럼 행복합니다.

바다는 푸른 오월의 품에 안겨서 쫑화와 놀이터에서 신나게 달립니다. 마치 날개를 달고 훨훨 나는 것 같았어요.

송화 아버지도 바다와 쫑화가 즐거워하는 모습을 보니 마음이 짠해 왔어요. 그리고 궁금해할 송화와 용화를 위해서 멋지게 영상에 담았어요.

며칠 후면, 용화가 그린 수채화가 바다를 건너서 우편함에서 방긋이 웃고 있을 그날을 상상하며, 바다는 푸른 오월의 향긋한 내음 속으로 조금씩조금씩 빠져들었습니다.

녹음이 짙게 내린 산빛을 보며 예전처럼 다 같이 모여 지낼 수 있는 그날이 빨리 오길 간절히 바라면서 말입니다.

바다는 이제 무척 행복합니다.

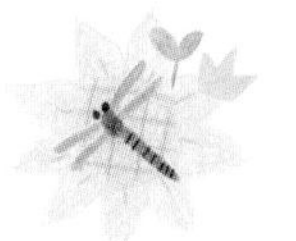

성윤이의 성장 일기

사진 속의 아이

텅 빈 교실에 성윤이는 한참을 가방만 만지작거리며 깊은 생각에 잠깁니다. 어머니께서 기다리던 우편물이란 걸 알면서도 가방에 넣어 온 것이 걱정되었지요.

“성윤아, 국제 우편을 보냈다는 연락을 받았는데 혹시 우편물 못 봤니? 우편이 잘못 배송되었는지 아무리 찾아도 없어. 허 참.”

“네, 전 못 봤어요.”

“이상하다. 두 번이나 보냈다는데…. 바람에 날려 갔나. 당신도 못 봤어요?”

아버지는 귀찮다는 듯이,

"도대체 어떤 우편이기에 그렇게 찾는 거요?"

"네, 저도 잘 몰라요. 호주에서 온다는 거 외에는."

성윤이는 남의 물건을 훔친 것처럼 가슴이 두근거리고 떨렸어요. 몇 달 전부터 어머니 앞으로 발송되어 오는 우편을 보고는 감추고 나니, 불안한 마음에 덜컹 겁이 났지요.

성윤이는 과제 자료를 찾다가 장롱 깊숙이 놓인 상자 하나를 발견하였어요.

성윤이는 호기심에 그 상자를 열었는데, 남자아이 사진과 전단지가 들어 있었어요. 처음엔 성윤이의 어릴 적 사진인 줄 알고 무심코 넘겼어요.

'부모님이 언제 날 잃어버린 적이 있었네.'

그런데, 아무리 보아도 생김새가 아니었어요.

'그래, 아이들 얼굴은 수없이 변한다고 할머니께서 말씀하셨어. 내 얼굴이 틀림없어.'

그리고는 상자를 그 자리에 갖다 두었지요. 성윤이는 어머니가 회사에서 돌아오면 여쭤보려고 기다렸어요.

그리고 저녁때가 되어 퇴근하신 어머니께 성윤이는 말하였어요.

"어머니, 제 어릴 적 사진 어디 있어요?"

"응, 갑자기 사진은 어디 쓰려고 그러니?"

"네, 어릴 적 모습 그려서 가야 해요."

"응, 사진첩에 있잖니? 조금만 기다려 봐. 엄마가 금방 찾아 줄게."

"네, 어머니."

어머니는 사진첩을 꺼내어 성윤이의 어릴 때 사진을 갖다 주었어요. 서너 살쯤 되어 보이는 사진이었어요.

"어머니, 더 어릴 적 사진은 없어요?"

"네가 유치원에 다닐 때, 선생님께서 보내라고 하셔서 보냈는데 분실되었지. 기억 안 나니? 과제는 이 사진으로 해 가렴."

"네, 어머니."

성윤이는 어머니의 말씀을 믿기로 하였어요.

그러던 어느 날 오후, 개교기념일이라 집에서 혼자 시간을 보내며 부모님을 기다렸지요.

혼자 지내기가 따분하여 근처 한결이네 가려고 집을 나서는데, 커다란 봉투 하나가 우편함에서 떨어질 듯 꽂혀 있었지요.

편지는 본인이 개봉해야 한다는 걸 알기에, 어머니께 드리려고 안방 문을 여는 순간 그 사진이 떠올랐어요. 성윤이는 내용이 궁금하여서 도무지 견딜 수가 없었어요.

'그래, 궁금해서 열어 보았다고 말씀드리면 되지, 뭐.'

봉투에 쓰인 영어와는 달리 내용은 한글로 쓰여 있었어요. 세 살 때 잃어버린 아이를 호주에서 찾은 것 같다는 내용이었어요.

'형인가? 아니면, 동생…? 아니면 내가 입양인가?'

성윤이는 한동안 멍하니 정신을 차릴 수가 없었어요.

순간 두려웠어요. 만약 입양아라면 이제 어떻게 해야 하나 고민이 되었답니다. 봉투를 괜히 뜯었다는 생각에 어디로든 도망치고 싶었어요.

그렇게 성윤이는 속앓이를 혼자서 하며 불편한 나날을 보냈지요.

성윤이의 행동이 예전 같지 않았지만, 사춘기에 접어들어서 그런 거라 여겼어요.

"성윤아, 너 요즘 왜 그러니? 덤벙대질 않나…. 학교에 좋아하는 여자 친구 생겼니?"

아버지가 성윤이의 태도가 예전 같지 않아서 놀렸어요.

"당신도 참, 애한테 그런 말을 하세요. 성윤아! 지금은 남자 여자 구분 없이 친하게 지내는 게 좋아."

그러고는 두 분이 크게 웃으셨어요.

"우리 성윤이 언제 이렇게 컸어! 와, 조금만 있으면 아빠 키보다 더 클 것 같은데?"

아버지는 성윤이를 힘껏 안아 주셨어요.

그날 이후로, 성윤이는 어머니 앞으로 오는 국제 우편물을 옷장 속에 넣어 두었다가 등교할 때 가지고 다녔지요.

누가 보기라도 할까 봐 콩닥콩닥 가슴이 두근거렸어요. 그래서 성윤이는 누가 눈치라도 챌까 봐 행동 하나까지도 신경을 써야 했어요.

교실에 도착하자마자, 가방을 내려놓고 운동장으로 급히 나갔어요. 정신없이 땀을 흘리고 나면 복잡한 머릿속이 한결 가벼워질 것만 같았거든요.

일찍 등교한 한결은 먼저 온 친구들이 가방만 놓여 있고 아무도 보이지 않자, 마음이 급하여 자리에 가방을 던지려다 의자에 걸려서 넘어졌어요.

와장창 소리가 나서 누가 볼까 봐 급히 추스르고 일어섰지요. 그러고는 책상을 괜히 흔들어 화풀이합니다.

'아이, 아파. 에잇….'

쓰러진 가방을 정리하려는데, 발길에 성윤이의 가방이 내동댕이쳐 있었어요. 그것을 보고 걸어 주려는 순간, 낯선 봉투 하나를 발견하였지요.

뜯지도 않은 우편을 성윤이가 가지고 온 것도 이상했지만, 우편 날짜가 2달이나 지난 거였거든요.

'이게 뭐지? 이걸 왜 성윤이가….'

봉투에는 영어로 호주에서 온 국제 우편으로 받는 사람은 나 옥수 여사님이라고 적혀 있었어요.

'성윤이 어머니 앞으로 온 우편이잖아?'

주워서 가방에 넣으려는데, 같은 크기의 봉투가 1개가 더 있었어요.

순간 다른 친구들이 와서 보면 의심이라도 살까 봐, 얼른 가방을 닫았지요. 그중 뜯긴 봉투에서 우람이 또래로 보이는 쌍둥이

사진 한 장이 눈에 들어왔어요. 우람이는 이제 막 3살 된 한결이 동생이랍니다.

'누구지? 성윤인 쌍둥이 동생은 없는데…. 사촌 동생들인가? 나중에 성윤이한테 물어보면 알겠지.'

별 의심 없이 가방을 걸어 놓고 운동장으로 갔어요.

"얘들아, 안녕!"

한결인 친구들을 보자 서로 반가워 인사를 합니다.

"응, 안녕!"

정음인 인사를 하는 둥 마는 둥 농구 하느라 바쁩니다.

"안녕, 늦었네."

성윤이도 툭 한마디 던지며,

"재영인 어디 갔니?"

한결이가 친구들을 보며 물었어요.

"응, 화장실 갔어."

"참, 오늘 창의적 체험활동 시간에 '성'에 관한 교육 있다고 했지?"

"응, 보건 선생님이 하신다는 얘기도 있고, 외부 선생님이 오셔서 한다는 얘기도 들리던데."

이성에 관심이 많던 성윤이가 친구들을 보며 묻자, 정음이가 대답하였어요.

"그래, 맞아. 오늘 가정 시간에도 지난 시간에 부족했던 모둠은 조사를 다시 해 오라 하셨잖아. 이번엔 다 잘해 왔겠지?"

한결이가 지난번처럼 선생님께 꾸중을 들을까 봐 염려되어 말했어요.

"응, 난 해 왔어. 저번처럼 쑥스러운 질문은 안 하시겠지?"

정음이가 심각한 표정으로 농구를 하다 멈추며 고개를 갸우뚱합니다.

"자식, 쑥스럽기는…. 우리가 제대로 배워야지. 어른들은 좀 더 자라면 안다면서 여쭤봐도 똑바로 가르쳐 주지 않고 민망하다고 설렁설렁하잖아. 아버지가 그러시는데, 우리나라에도 시대에 맞게 성교육 제도를 도입되어야 한다고 하셨어."

성윤이의 부모님은 시대에 맞게 성교육은 생활처럼 자연스럽게 이루어져야 한다며 심각하게 말했어요. 그러고는 성교육은 가정에서 부모가 시키는 것이 제일 좋다네요.

"어쭈, 너 제법인데? 그런 말도 다 하고."

친구들은 성윤이의 말에 공감하였어요.

모둠별 평가에서 이번만큼은 1위를 놓칠 수가 없었어요. 청소 면제권이 걸려 있거든요.

"그땐, 보람이가 신체 변화에 대해 궁금해하며 질문을 하여서 그런 거지. 같은 고민을 해 본 적이 있냐며 선생님께서 말씀하셨잖아. 난 오히려 보람이가 대단해 보였어. 그런 질문을 할 수 있다는 용기가. 우리 또래면 갑자기 급속도로 신체 변화가 나타나니까 다들 당황스럽게 생각하잖아."

성윤이의 말에 친구들은 고개를 끄덕였어요.

"그래, 그래, 맞아!"

"너희들은 어때? 우리 부모님은 학교에서 이런저런 교육을 한다고 말씀드리면 꼭 보고 난 후의 소감을 말하라 하시는데…. 너희들 부모님도 그러지 않니?"

"응, 크면 다 안다고 하시던데…? 우리 집은 대화가 좀 없는 편이어서."

성윤이의 말에 한결이가 머리를 슥슥 긁으며 말했어요.

"음, 우리 집은 서로 미루는데…. 학교에서는 그런 것도 안 가르쳐 주냐고 하셔."

정음이의 말에 모두 마주 보며 씩 웃습니다.

"그러잖아도, 오늘 수업 시간에 친구들 앞에서 웃음거리 될까 봐 난 미리 조사해 오긴 했는데…."

한결이는 자신만만하였지요. 한참 예민한 시기이기도 하지만, 또 호기심도 많아서 흥미롭지요. 간혹 뻴쭘하기도 하지만요.

"그만큼 성교육이 중요하니까. 우리 모둠에서 자료를 찾아오지 않아서 벌어진 일이잖아. 제발 제대로 좀 하자. 이번에도 자신 없으면 한결이가 조사한 것으로 해."

성윤이가 정음이를 보며 말했어요.

"그래, 알았어."

"얘들아! 이젠 씻으러 가야 할 시간이야."

농구 연습을 하는 둥 마는 둥, 벌써 예비종 칠 시간이 다 되어 샤워실로 갔어요.

성윤이의 고민

성윤이는 급속도로 변하는 자신의 신체 때문에 예민해졌어요. 아침에 일어나면 부모님께 인사를 하고, 약간의 응석도 부렸는데요. 언제부터인가 그 행동은 사라지고 생활 습관에 변화가 생겼지 뭐예요.

요즘 부쩍 얼굴에 난 여드름이 신경 쓰인다며 바르는 약을 요구하기도 하지요.

그런 성윤이는 오늘 듣는 성교육이 설레고 기다려진답니다. 왜냐하면, 강의 내용이 요즘 성윤이와 유사하기 때문이지요.

성윤이는 하루가 다르게 목소리에도 변화가 생기고, 조금씩 어른이 되기 위한 준비를 하느라 몸속에서 꼼지락꼼지락 윤곽을 드러내지요. 변성기에다 골격도 굵어지고 이제는 제법 남성미까지 느껴지니까요.

"저기, 재영이다!"

정음인 친구들을 보고는 손을 흔들어 보였어요.

재영인 어디에서 뭘 하고 있었는지 양호실 쪽에서 나왔어요.

한결이가 재영이 쪽으로 발길을 옮깁니다.

"어디 갔다 왔냐?"

한결이가 묻습니다.

"응, 자료 좀 찾았어."

"자료? 가정 시간에 발표할 내용?"

"응."

"재영아! 요즘 성윤이한테 무슨 일 있는 거 아니지?"

"응, 아무 일 없어. 왜?"

"아니야, 그냥. 요즘 성윤이가 평소와는 달라 보여서. 뭐든 알게 되면 알려 줘! 나보다는 너랑 더 친하잖아."

"그게 무슨 말이야? 알았어. 알게 되면 그렇게 할게."

한결이는 아무 일 없는 듯 말하였어요.

둘은 서둘러 샤워실로 갔습니다. 후덥지근한 날씨 탓에 금방 씻어도 또 땀방울이 맺힙니다.

선생님은 꼼꼼하게 조사해 온 한결이의 모둠에 청소면제권을 주었어요. 한결이와 성윤이 덕분에 받을 수 있었지요.

선생님은 청소년 시기에 올바른 성교육을 어떻게 받아들이느냐에 따라 어른이 되었을 때 영향을 미친다며 그 중요성에 대해 말씀하셨지요.

성윤이는 오늘 친구들이 준비해 온 자료 중, 새로운 사실을 알게 되었어요. 음란물 같은 영상은 마약처럼 중독성이 강하기 때문에 처음부터 접하면 안 된다는 것을 말이에요. 그런데 우리 주위에는 스마트 폰을 비롯하여 여러 온라인 매체를 통하여 쉽게 노출되는 경우가 많으니 심각한 문제이지요.

수업이 끝난 후, 예고대로 친구들은 체육관에 마련된 성교육에 관한 외부 선생님의 강의를 듣기 위해 자리를 옮겨야 했어요. 선생님은 신체의 특성과 사춘기에 일어나는 여러 가지 변화에 관해서도 설명을 해 주었어요.

선생님도 성윤이 아버지와 같은 말씀을 하셨어요. 궁금한 것이 있으면 부모님께 부끄럽게 생각하지 말고 얘기하는 것이 가장 바람직하다며 말이에요. 괜히 혼자 검색하다 보면 성을 잘못 이해하게 되고, 성에 관한 잘못된 지식을 받아들이면 청소년기에 아주 위험에 빠질 수 있다네요.

성윤이는 강의를 듣던 중, 요즘 자신의 행동에 대해 생각하게 되었어요. 전에는 없었던 대범한 행동이 사춘기와 연관이 있는 것만 같았거든요.

무엇보다 잘못이 있을 때는 시간을 끌지 말고 용서를 구하라는 말이 가슴을 파고들었어요.

'내가 어떻게 부모님께 온 우편물을 감출 수가 있지? 오늘은 어머니께 말씀드려야겠어. 지금껏 키워 주셨는데 친아들을 찾았다고 나를 버리겠어?'

편지 내용으로 보아서는 어머니에게 새로운 사실을 알려 주는 듯했어요.

'먼저 겁먹지 말자. 어머니 친구분 얘기일 수도 있는 거니까.'

성윤이 옆에 앉은 한결이는 내내 성윤이의 행동에만 집중되어 강의가 귀에 들어오지 않았어요.

"한결아! 오늘 바쁘니?"

성윤이는 지금껏 숨겨 왔던 비밀을 털어놓고 싶어졌어요.

"아니, 왜?"

"응, 할 얘기가 있거든."

둘이서 수군거리자 선생님께서 가까이 오셨어요. 그러자 한결이는 손가락으로 알았다는 표시를 하며 강의에 집중하였어요.

성윤이가 고백해야겠다고 마음을 먹으니 한결 가벼워졌어요. 그동안은 아무리 맛있는 것을 먹어도 맛을 느낄 수가 없었지요.

둘은 평소에 잘 가던 푸조나무 쪽으로 갔어요.

"한결아, 나 어머니 앞으로 온 국제 우편을 받았는데 아무래도 이상해."

"뭐가?"

"이것 좀 봐. 우리 부모님이 친부모가 아닌 것 같아."

한결이는 성윤이가 내미는 편지를 보고는 깜짝 놀랐어요.

"뭐라고! 말도 안 돼. 이게 뭐니? 이 사진은 또 뭐지?"

"어머니 앞으로 온 국제 우편인데, 내가 뜯어보니 이런 내용이었어."

한결이는 편지와 사진을 번갈아 가며 보더니,

"야, 딱 봐도 우리 또래의 사진이 아니잖아."

성윤이의 눈빛이 달라지며,

"야, 좀 자세히 봐. 정말 그래?"

"이런 흑백 사진은 엄청 오래된 거야. 우리 할아버지 댁에 가면 이 사진처럼 흑백이던데. 우리가 2006년에 태어났는데, 그 시절은 컬러 시대지. 딱 봐도 우리 아버지 시대로 보이는데?"

한결이의 말을 듣던 성윤이는 환하게 웃으며 말했어요.

"한결아, 정말이지? 와… 살았다! 고마워."

"지금껏 이것 때문에 고민했던 거니?"

성윤이는 고개를 끄덕였어요.

"설사 그렇다고 해도 지금껏 키워 온 너를 버리겠니? 네 부모님이 어떤 분이신데. 참… 너도."

한결이가 성윤이의 어깨를 툭 치며 말했어요. 한결이는 끝까지 그 우편을 보았다는 말은 하지 않았어요.

집으로 급히 온 성윤이는 어머니를 보자마자, 우편을 내밀었어요.

"어머니, 찾으시던 우편물 여기 있어요."

"뭐라고? 그 우편물을 왜 네가…."

"죄송해요, 엄마. 어쩌다 보니 그렇게 되었어요."

순간 어머니의 눈동자가 동그랗게 변하였지요.

"아니, 이걸 왜 네가 가지고 있니?"

성윤이는 그동안 마음속의 이야기를 어머니께 털어놓았어요.

"아니, 이 녀석이 무슨 말이래 그 사진은 네 삼촌 이야기잖아. 그것 봐. 네가 책을 안 읽으니 이해력도 떨어지잖아. 삼촌이 호주에 살 때 도둑이 들어서 짐을 잃어버렸는데, 그걸 찾았대. 그 짐 속에 사진이랑 들어 있다는 내용이잖아. 이 녀석아!"

"무슨 일이요? 또 성윤이가 잘못했소?"

아버지가 어머니와 성윤이가 대화하는 걸 들으시고는 거실로 나왔어요.

"아니, 이 녀석이 생각하는 게 너무 뚱딴지같잖아요."

"왜? 무슨 일이요."

"아니, 얘가 제가 그토록 찾던 우편물을 여태 감추고 있었지 뭐예요?"

어머니는 여차저차한 이야기를 아버지께 말씀하셨어요.

"뭐? 허허허, 당신도. 우리가 친부모가 아니라고 잔뜩 겁먹을 텐데, 적당히 하구려. 그 나이 때는 그런 생각도 할 수 있으니. 집 나가지 않은 것만으로 다행이잖소."

"그건 그렇지만…."

어머니는 더는 그 일로 나무라지 않으셨어요.

"성윤아, 아빠한테라도 말을 하지 그랬어? 사나이가 그런 배포는 있어야지. 그래도 다른 사람에게 온 우편물을 열어 보는 것은 잘못이란다."

"네, 아버지. 제가 잘못했어요."

성윤이는 그제야 가슴을 펴고 활짝 웃을 수 있었어요.

어머니는 어이없다는 듯 성윤이를 바라보았어요. 한편으로는 반항하지 않고 제자리로 돌아와 주어서 무엇보다도 기뻤어요. 어머니는 성윤이를 꼭 안아 주었지요.

성윤이는 이렇게 행복한 가족이 있다는 것이 너무 감사하고 고마웠답니다.

하지만, 자신도 어떻게 그걸 그렇게 해석할 수 있었는지 곰곰이 생각해 보니 참 어이가 없었어요. 편지 내용 속에는 세 살 된 아이 사진도 찾았다는 내용이 쓰여 있었지요. 정말 어머니 말씀처럼 책을 많이 읽어야겠다고 마음먹었어요.

이 또한 사춘기의 영향이라며 성윤이도 깔깔깔 웃었어요. 그러고는 일기장에 '사춘기 성윤이' 이렇게 써 놓았어요.

소통하는 방법

효준이와의 우연한 만남

휴일 아침. 간만에 늦잠을 자려는데 귀찮기라도 한 듯,

"저리들 안 가?"

큰 소리에 놀란 새들이 짹짹거리며 옆 가지로 날아가며 힐끗힐끗 보는 모습이 마치 엄마 대신 잠을 깨우러 온 하수인 같습니다.

가람인 요즘 매일같이 친구들과 자전거 시합 연습을 하는데요. 며칠 전, 우연히 운동장에서 효준이를 만났는데 심심한지 시합을 하자는 제의를 해 왔지요.

딱 보아도 해 보나 마나 효준이 승으로 끝날 게 뻔할 테지만, 오기가 생겼어요.

가람은 시합 날짜가 가까워질수록 경기에 질까 봐 불안했지요. 그래서 친구들을 모아 연습을 하였는데요. 누가 봐도 가람이 자전거는 낡아도 너무 낡아서 그걸 타고는 경기를 할 수가 없어 대한이 자전거로 연습을 주로 하지요.

어제 연습 도중 효준이를 만났는데요. 간이 철렁하였지요. 대한이 자전거로 연습하던 중이었거든요.

가람이 자전거를 보며,

"아직도 자전거 안 바꿨냐?"

효준이는 살살 약을 올렸어요.

"곧 바꿀 거야. 엄마가 바꿔 준다고 하셨어. 아직 탈 만해…."

다행히 효준이는 눈치를 채지 못하였지요.

효준이는 같은 A 중학교 친구로 사이클 선수랍니다.

가람이도 사이클 선수가 되고 싶었는데, 어떤 계기로 부모님께서 반대하셔서 동아리에 들지 못했어요.

'재수 없는 자식, 친구들 앞에서 자랑은….'

가람이는 화장실이 급하다며 자리를 피했지요. 대한이 자전거로 연습하고 있다는 걸 보이고 싶지 않았거든요.

그나마 다행인 건, 대한이가 오려면 조금 더 기다려야 한다는 거예요. 그럼에도 가람이는 지금 대한이가 나타날까 봐 긴장되어 입술이 바짝바짝 타들어 갔어요. 효준이가 알게 되면 또 놀림감이 될 테니까요. 그래서 얼른 자리를 피해 집으로 왔지요.

다음 날, 대한이가 도착하길 기다리며 운동장을 달리고 있었어요.

대한이 자전거가 있어야 연습을 할 수 있으니까요. 오늘은 효준이가 그 자리에 없기를 내심 바랐지요. 그런데, 또 연습을 하고 있었어요.

'아무리 생각해 봐도 지금 이 자전거로는 이길 자신은 없어. 어

떡하지? 정말 어떡해야 하나. 시합 전까지는 새 자전거를 사야 하는데….'

머릿속엔 온통 그 생각뿐이었어요.

'아… 어쩐다. 어쩌면 좋지? 그 자식 우쭐대는 모습을 또 봐야 하나? 이번에 지면 친구들 얼굴을 어떻게 봐…. 에잇, 외할머니 댁 근처 학교로 전학을 가 버릴까? 아니야, 그곳엔 친구도 없고. 그건 안 돼!'

쓱쓱 머리를 긁적이며 이 궁리 저 궁리를 해 봅니다.

몇 달 전부터 가람인 어머니와 자전거 사는 문제도 그렇고, 여러 가지로 대립이 생겨 사이가 좋지 않답니다. 요즘 가람인, 동아리 사건 이후로 줄 곧 집안 분위기를 흐리는 말썽꾸러기로 낙인찍혔지요.

가족들은 중이병을 너무 일찍 앓는다며 변이종이라고 놀리기까지 합니다. 어쩌다 말대꾸라도 하다가는 한마디씩 거들어 귀가 따가울 지경이어서, 그냥 꾹 참고 넘기지요.

일주일 전에도 새 자전거를 사 달라고 말씀드렸더니 어머니와 약속한 날짜가 아직 남았다며 딱 잘라 거절당했지요. 그러자 가람인 정 안 되면 지금껏 모아 둔 용돈으로 산다고 투정을 부리다가 야단만 맞았어요. 부모한테 버릇없이 대든다며 앞으로는 집안일을 돕는 만큼 용돈을 준다고 하시고 통장마저 빼앗겼지 뭐예요.

이뿐만이 아니에요. 밥 짓는 방법과 세탁기 사용법까지 모두 알려 주시면서 하라고 하셨지요. 이제 중학생이 되었으니 스스로 자취한다 생각하고 하라며 말이에요.

시합을 하기로 한 날짜가 다가왔어요. 새 자전거 외에는 딱히 방법이 떠오르지 않았어요.

가람이는 복통이 났다고 거짓말이라도 하고 이 자리를 떠나고 싶었지만, 그랬다간 다음 날 학교 전체에 소문이라도 나 얼굴을 들고 다닐 수가 없을 것 같았어요.

그러던 순간, 죽상을 하던 가람이 얼굴에 혈기가 돌았어요.

'아하, 바로 그거야!'

가람이는 묘책이 떠올랐어요. 두 달 전 새 가족이 된 형수님한테 부탁하면 꼭 들어줄 것만 같았거든요. 이 묘책이 성공만 하면 시간을 벌어 다음에 정식으로 붙자고 말할 참이었어요.

'그래! 엄마가 너무 단호하시니 형수님께 부탁드려 보자! 뭐, 필요한 거 있으면 말하라고 하셨으니… 거절은 안 하시겠지. 그런데 안 된다고 하면 어쩌지?'

혹시라도 효준이가 화장실로 와서 엿들을까 봐 은근히 마음이 쓰여, 가람은 전화를 걸다 말고 주위를 살폈어요. 다행히 효준이는 화장실과 제법 먼 거리에서 스트레칭을 하고 있었지요.

가람은 두근두근 요동치는 가슴을 간신히 진정시키고 전화를 걸었어요. 전화기에서 형수님 목소리가 들리니, 마침 소원을 이룬 것처럼 마음이 놓였어요.

'휴! 다행이다.'

가람은 안도의 한숨을 내쉬며 어렵게 입을 떼며,

"형수님… 저… 가람인데요, 잘 지내셨어요?"

"응, 가람아, 잘 지내고 있어. 너도 잘 지냈니? 이 시간에 무슨 일이니? 학원에 있을 시간 아냐?"

"네, 저… 사실은…."

평소와 다르게 말을 더듬자,

"형, 바꿔 줄까?"

"아니요."

가람이는 생각과는 달리 쉽게 입이 떨어지지 않았어요.

가람이가 아직 어려서 부모님께서 도련님 같은 존칭은 쓰지 말고 동생처럼 편하게 지내라 하였어요. 무엇보다 가람이가 그렇게 불리는 것을 싫어하기 때문이기도 하지만, 큰누나와 나이가 같아서랍니다. 큰누나는 형과 같은 성향인데, 형수님은 정반대의 성격이라 가람이가 잘 따릅니다.

"오늘 무슨 일 있었니? 어서 말해 봐."

"저… 있잖아요. 자전거 하나만 사 주시면 안 돼요? 친구들이랑 시합할 때마다 매번 져요. 또… 친구들과 함께 하이킹 갈 때도 너무 힘들어요."

"뭐? 자전거를…?"

"네, 너무 오래되어 낡았기도 하지만… 또… 키와 맞지 않아요."

가람이는 어떻게 말을 하면 사 주실까 고민하다 거짓말을 했어요.

지난봄 친구들이 새 자전거를 산다고 같이 사자고 했을 때, 가람이는 아직 멀쩡한 자전거를 버리고 새 자전거를 사면 낭비라 여겼어요.

평소에도 가람인 검소하게 생활하는 부모님의 영향을 받고 자라서인지 절약이 몸에 배었지요. 무엇보다 아빠가 생일 선물로 사 주셔서 더 애착을 느낀답니다.

그런데 이번엔 친구들이 돌아가며 들쑤시니 도리가 없었어요.

"응, 그렇구나. 가람이가 많이 불편했겠네. 어머니는 뭐라고 하시니?"

"네, 좀 더 타라 하세요."

"키가 자라 맞지 않았다고 해도 그렇게 말씀하시니?"

"네… 형수님."

"그래? 음, 어머니가 요즘 자전거 얘길 부쩍 하시더니. 울 도련님 자전거 때문이었구나! 여쭤보렴. 아마 사 주실 거야."

"싫어요! 어머닌 안 된다고 하세요. 어머니한테 대들어서 용돈도 제대로 못 받아요."

"가람아, 또 어머니 속상하게 했니?"

"네… 제가 모아 둔 용돈으로 산다고 했다가…."

"이 녀석이!"

가람과 형수님은 과외 선생님으로 만났어요. 큰누나는 타지에 있어 거의 1년에 한두 번 명절 때나 보곤 하지요.

그런데 지방 출장 왔다며 집에 들렀는데, 알고 보니 큰누나와 친구 사이였어요. 그때 마침, 과외 수업을 마치고 선생님이 가시려는데, 누나가 들어왔거든요. 그래서 알게 되었어요.

이뿐만이 아니랍니다. 형이 여자 친구 소개한다며 집에 왔을 때도 얼마나 놀랐던지요. 형이랑도 같은 대학교 선후배로, 거실에 가족사진만 걸려 있어도 덜 당황했을 텐데요. 가족사진이 안방에 걸려 있어 형수님도 몰랐던 거지요.

형수님의 말에 의하면 엘리베이터 층수까지는 같은 층인가 보다 했는데, 호수를 누르는데 아는 집이니 그때부터 입술에 침이 바짝바짝 말라 긴장했었대요. 그때 가람이가 긴장을 많이 풀어 주었어요.

지금은 가람이 다니는 학교 3학년 수학 선생님이랍니다.

"형수님. 효준이 하는 짓이 얄미워서 꼭 사야 한단 말이에요."

"뭐… 효준이 때문이라고? 걔가 누구니?"

"있잖아요. 3반에 있는 사이클부 친구… 재수 없는 자식…."

형수님의 목소리가 옆에 있으면 한 대 쥐어박을 태세여서 이젠 다 틀렸구나 싶어 죄송하다며 전화를 끊으려는데,

"가람아!"

형수님의 목소리는 예전으로 돌아왔어요.

"네… 형수님."

"너, 그 친구랑 싸웠니? 학원은 어쩌고…?"

"아니요. 마치고 운동장에 자전거 타러 왔는데, 내 자전거 낡을 줄 알면서 한 판 붙자고 약을 올리잖아요!"

"응… 그런 일이 있었구나. 아! 생각났다. 걔, 우리 학교 사이클 선수부 맞지?"

가람은 틈을 타 형수의 마음을 흔들고 싶었어요.

"네, 그러니까 형수님. 우리 집에 오시는 날엔 설거지며 청소, 제가 다 할게요. 형수님, 방법이 없잖아요. 나는 돈을 벌 수도 없는데…."

"너, 친구들한테 돈 빌려 달라고 하고 그러면 안 되는 거 알지?"

"네, 알아요. 그랬다간 어머니께서 집에서 쫓아낸다고 벌써 말씀하셨어요."

난감하긴 형수님도 마찬가지였어요.

"참, 누비자('누비다'와 '자전거'의 합성어로 창원시가 운영하는 무인 대여 공영 자전거) 있잖아. 그거 타고 해!"

"형수님! 그건 좀 아니잖아요."

가람의 기대했던 마음이 와르르 무너져 내렸어요.

"어머니가 자전거 타고 등교하는 걸 보고 걱정을 많이 하시던데 버스 타고 다녀."

"네, 버스도 타고 다녀요. 가끔 학교 마치고 운동장에서만 타는 걸요."

"어머니는 걱정되어 그러시는 거야. 야간에 자전거 타고 운동장에 간다고 걱정을 하시던데…. 낮에만 타고 다녀. 어머니 어렸을 때, 혼자서 자전거 배운다고 타시다가 다리 밑에 떨어져서 큰일 날 뻔하셨대. 그래서 위험해 보이는 건 더 못 하게 하는 걸 거야. 속도 내지 말고 천천히 다니고…."

"네, 형수님. 조심해서 탈게요. 제발… 사 주세요. 형수님 말씀대로 게임 조금만 하고 숙제 다 하고 놀면 되잖아요?"

"그래, 알았어. 나중에 어머니랑 의논해 보자. 형님과 잘 말씀드려 볼게."

"형수님, 감사합니다! 제가 사 달라고 했다고 어머니한테 말씀드리면 안 돼요."

"그래, 알았어."

"형수님, 안녕히 계세요."

전화를 끊은 가람은 한결 마음이 가벼웠어요.

형수님도 내심 자전거 타고 등교하는 것이 썩 내키시지 않는 모양입니다. 그러나, 형수님의 반응으로 보아 조만간 새 자전거를 사 주실 것 같은 예감이 들었어요.

이겨야 하는 이유

가람은 효준이의 모습을 물끄러미 바라보다 시간을 끌기 위해 작전을 세웠어요.

둘은 불과 몇 달 전 만하여도 이곳에서 웃고 떠들며 즐겁게 같이 놀았지요. 그런데 지금은 묘한 감정이 둘을 갈라놓고 말았습니다. 저쪽에서 신나게 연습하는 모습을 보니 이번엔 꼭 이겨야 한다고 주먹을 불끈 쥐는 가람입니다.

가람이 처음 효준이를 만났을 때를 떠올리며,

"의리도 없는 자식…. 다쳤을 때 병원도 데려다주고, 심심할까 봐 같이 놀아 줬는데, 자전거 가지고 약을 올려? 나쁜 자식, 개념은 밥 말아 드셨나…. 다신 널 상대해 주나 봐라!"

가람은 하늘을 향해 소리를 치더니 친구들에게 단체 메시지를 보냈어요.

'얘들아! 빨리 자전거 가지고 올 수 있는 친구 운동장으로 와!'

바로 그때 대한이로부터 메시지가 왔어요.

'지금 바로 갈게. 15분 후에 학원 수업 시작이니 지금 바로 가면 돼.'

'대한아! 괜찮겠니? 너희 엄마 아시면 우리 모두 혼날 텐데.'

'그게 문제냐 지금? 넌 효준이 이길 생각이나 해!'

대한인 큰소리는 쳤지만, 속으론 야단맞을 생각에 걱정이 앞섭니다. 쩌렁쩌렁하신 어머니의 목소리가 전화기에서 환청이 되어 울렸어요.

며칠 전 대한이도 효준이와 시합을 하였지만 지고 말았지요. 대한이가 같은 자전거를 가지고 하자고 했지만, 효준이가 끝까지 거절하여 불만이었어요. 그래서 다른 친구들도 내심 벼르고 있던 터였는데 이번엔 가람이가 걸렸지요.

'응, 알았어. 자전거만 가져다주고 가.'

'가람아, 너만 믿어!'

'그래, 고마워….'

카톡에는 친구들의 응원 글이 올라와 떠들썩합니다.

대한이는 단숨에 계단을 내려와 운동장으로 향했어요.

다른 친구들도 메시지를 받자마자 콜을 외치며, 다빈이는 서점에서, 한솔이와 슬기는 게임하다 말고 약속 장소로 하나둘 모여들기 시작하였어요.

둘은 5학년 때 영어 학원에서 만났는데, 다른 친구들도 아는 사이라 다들 친하게 지냈어요. 지역이 다르긴 했지만 중학교에서 만나자며 같은 학교를 지원하기로 약속하였지요.

효준이는 같이 어울리던 친구들로부터 점점 소외감이 들었어요. 훈련을 마치고 나면 친구들과 놀고 싶은데 늘 혼자라는 그런 생각이 북받쳐 왔어요.

친구 중 유일하게 게임을 즐기지 않는 효준은, 팀을 이루어 친구들이 게임에 열정을 쏟을 때면 그냥 그 틈에서 멀뚱멀뚱 바라만 보았지요. 그래도 친구들과 함께한다는 그 자체만으로 좋았으니까요.

그런 친구들 사이에 이상한 기운이 감지되기 시작하였어요. 마치 술렁술렁 창문 틈새로 찬바람이 새어드는 것처럼 싸했습니다.

가람이는 효준이를 바라보며,

"효준아! 연습 잘되니? 오늘은 너 나 못 이겨!"하고 먼저 말을 건넵니다.

"하하하. 그래? 기대되는데! 그 자전거로 나를 이기겠다고?"

가람은 아무 말도 하지 않았어요.

가람은 딴청을 피우며,

"각자 원하는 걸 상품으로 했으면 하는데, 너의 생각은 어때?"

"좋아! 그렇게 하자."

둘은 친구들이 도착하기 전 게임 규칙을 정하였습니다. 상품은 구체적으로 하자며 가람이 말했지요.

"내가 이기면 너, 저 고가 자전거 나 줄 수 있냐?"

어른들이 알면 또 한바탕 큰 소동이 벌어지겠지만, 그냥 한번 해 본 말이었어요. 가람은 처음부터 효준의 기를 꺾어 놓고 싶었거든요.

효준이 말문이 막혔는지 매우 당황스러운 표정을 짓자,

"왜, 싫어?"

가람이 쏘아붙이듯 말했어요.

"아니, 그건 좀 아니지 않냐? 너 정신 나갔냐?"

효준이도 질세라 맞받아쳤어요.

"그래, 그럼 할 수 없지. 내가 이기면 한 달만 바꿔 타자. 이건 어때?"

가람이 제안을 하니 효준은 한참을 망설이다,

"한 달 동안? 좋아. 대신 우리 만나는 날만 바꿔 타는 거다."

"하나 더, 내가 누굴 태워도 넌 상관없기다."

"응. 그런데, 너 누굴 태울 건데?"

"아직은 몰라 상황에 따라… 일부는 지금 오고 있어."

"뭐, 쟤들 말이니?"

저 멀리 대한이의 모습이 보였어요.

"응, 너도 조건을 말해 봐."

효준은 생각할 틈도 없이,

"한 달 동안 주말마다 재워 줘."

"뭐…, 뭐라고? 재워 달라고 했냐? 그건 부모님께 말씀드려야 해. 나 요즘 그 일 있고 난 후부터 어머니와 사이가 안 좋아. 다른 것으로 하는 게 어때?"

"아니, 난 꼭 이거여야만 해."

"안 돼! 어머니께 말씀드릴 수가 없어. 말씀드려 봐도 분명 안 된다고 하실 거야. 요즘 내 태도로 보아…."

"너도 까칠한 거 알고는 있냐?"

"하나 더 말해. 말씀드려 보고, 안 된다 하시면 그걸로 하게."

둘의 협의가 끝날 때쯤 친구들이 몰려왔어요.

대한이가 제일 먼저 도착해서는 간단한 인사를 한 후 가람이의 자전거를 타고 손만 흔들어 보이며 자리를 떴어요.

효준이 그걸 보고 한마디 던집니다.

"뭐냐? 너 고물 자전거 타고 하자는 거 아니었냐?"

"이 자식이… 고물 아니거든? 안장이 낡아서 그렇게 보이는 그지. 내가 미쳤냐? 이걸 타고 너랑 붙게!"

효준이한테 물먹은 친구들이라 가람이 이기길 응원차 다 모였어요. 안녕이란 인사말이 싸늘하게만 느껴졌어요.

"너희 다 한편 먹고 나 따돌리는 거냐?"

효준이가 보다 못해 한마디 던집니다.

정음이가 냅다 받으며,

"지난번에 우린 다 너한테 물먹었잖아. 너도 똑같이 당해 봐야 우리 심정을 이해하지 않겠냐? 쪼잔한 자식아."

"너희들 정말…."

효준이가 어이없다는 표정으로 말을 잇지 못하였어요.

"누군 사이클 안 하고 싶어서 동아리에 안 든 줄 아니? 다 부모님의 반대가 심하셔서 그런 거잖아. 그런데 꼭 너는 자식아, 잘난 척을 해야겠냐?"

답답하긴 서로가 마찬가지였어요.

"누가 잘난 척을 했다고 그래?"

"우린 그 일 때문에 좋아하는 것도 못 하고 이런 신세가 되어 버렸는데, 넌 시합이라며 신나서 훈련 갔잖아? 의리도 없이! 다 들었어, 웬 오리발?"

친구들한테 큰소리 한번 친 적 없던 정음이가 그동안 답답한 마음을 늘어놓는 터에 다들 놀라며,

"내가 뭘 어쨌다고?"

이번엔 슬기까지 거들었어요.

"나도 뭐 잘한 건 없지만, 네가 새 자전거로 자랑을 하니까 우리 중에서 용돈을 제일 많이 받는 대한이가 그 자전거에 혹해서 그런 거잖아."

"그게 내 잘못이야? 난 너희들이 갖고 싶어 하니까 아빠 졸라서 겨우 구해서 보여 주고 태워 줬는데…. 그게 내 탓이라고? 그 자전거 내 것 아니거든? 이 나쁜 자식들아!"

효준이 말에 친구들은 서로 눈이 둥그레졌어요.

효준이는 그 일이 있을 때쯤 시합도 있었고, 가람이도 그 대회에 참가하기 위해 연습을 같이하였지요. 가람인 연락도 되지 않고 감독님께서 효준이에게까지 시합 결과에 영향을 끼칠까 봐, 아프다는 거짓말을 하고 말았어요.

그런 일이 있어도 직접적인 관련이 없었기 때문에 구체적으로 상황을 알지 못하였지요.

효준이는 그동안 참았던 말을 토해 냈어요.

"넌 아무 일 없는 것처럼 우리가 힘들어할 때 혼자서 잘 지냈잖아!"

다빈이도 그동안 일을 섭섭해하며 주먹을 불끈 쥐었어요.

"너희들 그래서 나 멀리했냐? 전화도 안 받고…."

효준이가 어이없다는 표정을 짓더니 금방이라도 떨어질 듯 눈물이 가득 고였어요.

그러자,

"우리 휴대폰 다 압수당했어! 너, 우리들 집 몰라? 알잖아! 넌 친구도 아냐. 의리 없는 자식아!"

누가 먼저 말할 새 없이 동시다발적으로 쏟아져 나왔어요. 이 말을 듣는 순간 효준이는 주저앉아 펑펑 울고 싶었어요. 눈물을 속으로 삼켰지만, 자꾸만 수돗물처럼 쏟아져 내렸지요.

"슬기 넌 똑똑한 애가, 그것도 너희 아빠가 그렇게 높은 자리에 있다면서 그런 일을 당하냐! 그런데 너희 아버지 그렇게 높은 분이었냐?"

효준이의 말을 받아 슬기가 그 상황을 설명했어요.

"나도 네가 타고 왔던 거 갖고 싶었거든. 그래서 아빠한테 말씀드려서 한 달을 졸라서 갔었어, 그곳에. 그런데 아빤 비싸다며 안 된다고 하셨어. 그랬더니 그 주인아저씨가 중고 같은 새것이 있다며 보여 주셨어. 내가 혹한 거지."

슬기는 어리석은 자신의 모습을 친구들에게 보였다며 풀이 죽자, 다빈이가 괜찮다는 듯 어깨를 다독여 줬어요.

"우리 아버지였어도 그렇게 하셨을 거야."

언제 왔는지 늦게 도착한 한솔이가 말했어요.

"아버지는 중고라도 그 금액은 안 된다고 하시잖아. 속상하게…. 그렇게 되면 너희들도 사고 싶어 한다고…. 대략 18만 원 정도였거든. 대한이가 현금이 제일 많으니까 말했는데, 대한이가 산다고 하잖아! 누나한테 허락받았다고 하면서…. 하필이면 그때 메신저로 온 거야. 난 그 아저씨가 카톡으로 판매가랑 자전거를 보낸 줄 알고 대한이한테 그대로 소개한 거지."

가람인 그때 일만 생각하면 화가 치밀어 오릅니다. 따지고 보면 이 모든 일이 사기꾼한테 걸려든 이후니까요.

"그 사기꾼이 즉시 입금을 해 달라고 하고, 즉시 입금을 안 하면 다른 사람한테 판다고 하니 대한이도 마음이 급했던 거야. 사고 싶은 마음에…."

효준이는 처음 듣는 이야기라 깜짝 놀랐어요.

서로 말을 안 하니 사정을 알 수 없었지요.

"문제는 금액이 달랐는데, 대한이한테 더 할인해 준다고 한 거지."

슬기의 한숨 소리가 깊어졌어요.

"같이 가기로 해 놓고 대한이가 돈을 송금해 버렸어."

슬기는 그때 일을 회상하며 어른들이 힘든 세상이라고 하는 이유를 알 것 같다며 부모님께도 친구들한테도 참 미안했어요.

한솔이도,

"내 잘못도 있어. 대한이가 흥분해서 산다고 자랑할 때, 부모님께 의논하고 사라고 했다면 이런 일은 없었을 텐데…. 나도 부추

겼어. 친구들아, 미안해."

"아빠가 나로 인해 생긴 일이라 피해 본 거 돌려 드린다고 하니까, 대한이 어머니께서 괜찮다고 사양하셨대."

모두 고개를 끄덕이며 한동안 아무 말이 없었어요.

"사람들이 우릴 쳐다봐!"

다빈이가 그 묵묵한 침묵을 깨며 말했어요.

아이들이 우르르 몰려 있으니, 운동하러 나온 사람들의 시선을 집중시켰어요.

슬기가 나서서 흥분된 감정을 가라앉히며,

"자! 이제 시작합시다. 게임은 정정당당하게, 그리고 승패에 인정하는 거다. 둘 다 알지?"

둘은 강단 있게 합창하듯 외쳤어요.

"네."

심판을 슬기와 한솔이가 보기로 하였답니다.

치열한 경쟁 속 이 순간이 무엇과도 바꿀 수 없을 만큼 즐거웠어요. 지난해까지 둘은 라이벌 관계이기는 했지만 반면에 서로에게 없어서는 안 될 꼭 필요한 존재였으니까요.

오랜만에 만나서 트랙을 달리니 힘든 얼굴에 희열이 그대로 표출되어 땀이 비 오듯이 흘러내렸어요. 사실 효준이는 가람이의 마

음속에 쌓인 스트레스를 이렇게 해서라도 풀어 주고 싶었는지 모릅니다.

친구들은 처음엔 가람이 효준을 이겨 주길 간절히 바랐지만, 막상 경기가 시작되자 이기고 지는 것은 중요하지 않았어요. 결국 엎치락뒤치락하더니 결국 가람이 승으로 끝났어요.

정음이만 기쁨의 함성을 운동장이 떠나갈 듯 질렀을 뿐 나머지는 기진맥진 털썩 드러누웠어요.

그것은 시합을 가람이가 이긴 것보다 오랜만에 친구들과 어울려 운동장을 누빈 쾌거 때문이지요.

오해로 효준이와 약간의 삐걱거린 감정은 땀에 씻겨서 흘러내리고 이제 더 이상 남아 있지 않았어요.

"야! 좋다."

한솔이가 벌러덩 눕더니 하늘을 보며 외쳤어요. 좋아하는 것을 맘껏 즐기고 나니 기분이 너무 좋았어요.

둘은 앉아서 악수를 하며 싱긋이 웃습니다.

약속대로 효준이의 자전거는 슬기가 신나게 타고 놀았어요.

처음엔 아빠 몰래 타고 온 터라 잘못하여 고장 낼까 봐 효준이도 조심스럽게 타고 갖다 놓아야만 했어요.

그런데 친구들이 타 보자고 졸라대니 입장이 난처할 수밖에요. 그래서 안 된다고 한 것이었는데 작은 오해가 큰 불씨가 되고 말았지요.

이번엔 아버지께 허락을 받아서 가져 왔다며 맘껏 타라는 효준이의 말에 가람인 미안한 생각이 들었어요.

그리고 같은 자전거로 하지 않은 건 효준이의 징크스 때문이라며, 자기 자전거가 아닌 다른 자전거로 타면 경기 때 꼭 나쁜 징조가 있다는 사실도 오늘 알았어요.

오해가 풀리고 나니 예전의 사이로 돌아갈 수 있어 다행이었어요.

정음이도 효준이의 자전거를 타더니 너무 좋아합니다.

우린 친구잖아

친구들과 헤어져 돌아오는 길에 한솔이가 가람의 어깨를 치며 고맙다는 인사를 합니다.

"가람아! 오늘 고마워. 우리 얼마 만이냐? 다시 예전처럼 지낼 수 있어서 너무 좋아."

"고맙긴 자식, 뭐가?"

"너, 겨우 마음잡았잖아. 우리야 그냥 취미라지만 넌 재능도 있고…."

한솔인 가람이를 보면 늘 미안한 마음이 들었어요.

"너는 우리 얘기 들은 죄밖에 없는데, 괜히 너까지 난처하게 만들어서…."

가람이 긴 한숨을 내쉬며,

"다 지난 일인데, 뭐. 사실 난 그 자리에 있지도 않았는데…. 그치?"

한솔인 어른들의 판단이 무조건 옳지 않음에 불만을 가집니다.

"너희 엄마 너무하신 거 아니니? 나야 직접적인 개입으로 그렇다 쳐도 넌 아니잖아."

둘의 대화는 심각했어요. 가람의 목소리에 어른들의 원망이 서립니다.

“어른들은 어떤 빌미를 삼마 꼬투리 잡으면 요 때다 싶어 못하게 하잖아. 뉴스를 봐도 그렇고…. 어른들은 용서를 할 줄 모르는 것 같아.”

“아무튼 어른들의 세계는 복잡하기는 한 거 같긴 해.”

거리의 불빛에 벌레들이 모여들어 얼굴에 부딪혀 간질이고, 실개천에 물 흐르는 소리도 걸음을 따라 적막을 깨며 요란하게도 흐릅니다.

둘은 걸음을 멈추고 버스 정유소 벤치에 앉습니다.

한솔이가 슬기를 걱정하며,

"사기꾼은 참 대단해, 그치? 경찰청장 아들을 상대로 사기를 치는 걸 보면. 슬기는 어쩌다 그런 일에 말려들었는지…. 난, 그 자식 말만 듣고 자전거를 대한이한테 사라고 괜히 말해서."

한솔의 말에 가람은,

"힘내자. 네 잘못 아니야, 한솔아. 너와 슬기 때문에 오히려 더 큰 사고는 막을 수 있었잖아. 평소에 잘 가는 S 판매점 아저씨래. 그런데 알고 보니 메신저로 온 건 아저씨가 아니라 그분을 사칭한 거고. 슬기도 속은 거지."

"그러게. 갖고 싶은데 새것은 비싸서 못 사고 새것 같은 중고라 하니, 다들 혹한 거지, 뭐. 그 사람들 꼭 잡아야 할 텐데!"

8개월 전 그날은 영문도 모르고 다들 경찰 조사를 받아야 했어요. 지난겨울 사이클 동아리에 들지 못한 이유도 바로 이 사건 때문이지요.

그때, 처음 보도가 되었을 땐 마치 슬기를 비롯하여 초등생 S군 D군, J군 등 6명이 사기 집단에 얽혔는데, 같은 학년을 중심으로 사기 판매를 했다는 거였어요.

그중 고위 관직을 아버지로 둔 자녀도 있어, 아버지의 직분을 이용한 사기 행각에 연루되었는지에 관해서도 조사하고 있다고 하니 어처구니가 없었지요.

더 이해가 안 되는 건 효준이의 자전거가 자꾸 바뀌니, 효준이를 모르는 학생들은 그 보도를 접하고 다들 효준이를 주목하고 있다는 사실도 안타까웠어요. 더없이 부끄러운 건 친구를 믿지 못하고 참말인 것처럼 인정해 버린 마음이었지요.

가람이 어머니는 뒤늦게 경찰서에서 조사한 내용을 듣고는 대한이 어머님과 통화를 하였는데 가람이 연루되어 있다고 해, 그것을 빌미(어떤 일을 하기 위한 계기나 핑계로 삼다)로 사이클 동아리에서 활동하는 것을 못 하게 하셨지요.

대한이 어머니에게는 가람와 한솔이가 주동이 되었다는 그 말이 치명적이었으니까요.

그날 이후로 어색한 사이가 된 엄마와의 관계는 아직도 회복되지 않았어요.

"가람아, 내가 어떤 책에서 봤는데 어른들은 자기의 개인이나 단체의 이익을 위해 남을 흠집 내기 한대. 가짜 뉴스나 간혹 이번처럼 어떤 일에 가족이 말려들게 만드는 거지. 상대에게 불리하도록…."

"응, 나도 본 적이 있어. 아직 이해는 잘 안 되지만."

둘은 마주 보고 씁쓸한 표정을 짓습니다.

"그나저나 대한이 자전거 갖다 줘야 하는데."

"그건 내일 갖다주면 되잖아. 참! 학원 시간 안 늦었겠지? 걔 엄마 울 엄마한테 전화 오면 우리 또 비상이잖아."

"응, 맞아. 늦었으면 큰일인데…. 우리 학교 사이클 동아리 못 하게 된 것도 따지고 보면 대한이 엄마 때문이잖아."

"너, 그 녀석 앞에선 그런 내색하지 마. 그러잖아도 얼마나 미안해하는데…."

"안 해! 우리한테도 잘못은 있으니까."

"헐, 이번엔 진짜 안 되는데…. 형수님이 어머니 설득해서 자전거 사 준다고 하셨거든. 그런데 공부 안 하고 논 거 알면 허탕이야. 나 요즘 어머니 눈길 피해 다녀."

"너도 그렇구나? 나도 그런데."

둘은 미안한 듯 고개를 푹 숙입니다.

"한솔아, 지금 우리 이렇게 하는 거 반항이지? 난 절대 반항 같은 건 안 할 거라고 여겼는데, 나도 별수 없나 봐. 나 이제는 자신감 있게 당당하게 말할 수 있을 것 같아."

"당연, 반항이지. 우리가 원하는 거, 하고 싶은 거 하게 해 달라는…."

"난 오늘 엄마랑 화해하려고 해. 요즘 계속 투덜거렸거든. 큰누나도 그러고, 형수님도 그러는데 이대로 두면 수위가 점점 높아져 나중에는 진짜 성격이 변해 버린대. 형수님 대하듯이 어머니께도 그렇게 하래. 사이클 하고 싶으면 반항만 하지 말고 당당하게 말하라고….”

형수님과 누나가 같이 설득해 준다는 말에 가람인 용기가 생겼습니다.

한솔이도 가람이 말에 공감하며,

“가람아, 잘 생각했어. 우리 이제는 어른이 된 거 같지 않냐? 난 초등생들이 이제는 어린아이로 보여. 막 보호해 줘야겠다는 생각도 들고.”

“그래, 그래! 나도 그런대. 누나도 그렇듯이 어른들은 올바른 길이라고 믿는 그 길만 가길 원하지만, 우리도 경험해 보고 싶은 호기심 중에 하나가 ‘반항’이라는 중이병인 거 같아. 이번 경우만 봐도 경험에서 묻어나는 연륜은 참 위대하다는 걸 알게 되었지. 이젠 나도 너처럼 자신감 있게 말할 수 있는 용기가 생겼어.”

“그래? 나도 그랬는데…. 가람아! 잘 생각했어. 나도 그럴게.”

둘은 오랜만에 환한 미소를 지으며 집으로 발길을 옮깁니다.

시합할 때 아이들이 끼어들고 따라오는 상황을 보면서 어머니가 아이들이 걱정되어 안절부절못하시는 모습을 보면서 어머니가 떠올랐습니다.

이번 계기로 가람은 잠시 잊고 지냈던 어머니의 마음을 엿볼 수 있는 소중한 시간이 되었어요.

가람은 혼자서 할 수 있다고 생각했던 지난 순간들이 한없이 부끄러웠어요. 큰 사건을 겪으며 자신이 감당해야 할 몫이 컸던 탓에 더더욱 지난날 자신의 생각에 대한 부끄러움이 컸지요.

무엇보다 어른이 되기 위한 걸음이 결국 가볍지 않다는 것을 알게 해 준 또 다른 경험이기도 했으니까요.

가람과 한솔은 성숙한 어른이 되기 위해서 한 걸음걸음마다 힘차게 싹을 틔우며 온전한 빛의 강점을 향해 내딛습니다.

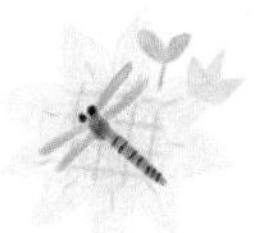

가을
동화

이곳은 아름다운 동화 속 이야기가 펼쳐지는 곳. 바로 제가 사는 남천이지요.

오랜 옛날, 남천이 세상에 처음 눈을 떴을 때 어머니는,

“남천아, 너는 이제 이곳을 지키는 생명수란다! 너의 운명에 이곳의 미래가 달렸구나! 그러니 네가 아프면 생물들이 건강하게 살 수 없어. 각별히 조심하거라.”

라고 하셨지요.

그렇게 남천은 어머니의 말씀대로 세상의 생명을 주려고 풀숲을 헤치고 바위틈 사이로 힘차게 세상에 발걸음을 내디뎠어요.

그런 남천을 보며, 만나는 눈길마다 기뻐서 환호성을 쳤어요.

‘이렇게 경이로운 일을 내가 할 수 있다니!’

남천은 어머니의 말씀을 새겨듣고는 자신의 존재를 더 확고하게 알게 되었어요.

시들시들한 풀잎도 남천이를 보더니 두 팔을 흔들고, 밭갈이하던 농부도 한 사발 떠 마시며 꿀꺽꿀꺽 타는 목을 적시지요.

남천이가 세상에 태어나기 전, 이곳은 가뭄으로 심한 고통을 겪어야 했답니다. 그래서 사람들은 비를 내려 달라며 정성스레 제물을 준비하여, 당산나무인 푸조나무에 기우제를 지냈지요.

그 후로 하늘도 정성에 감동하여 해님의 도움을 받아, 숲의 나무가 쑥쑥 자라게 하였어요. 그래서 불모산인 어머니의 품에서 남천이 태어날 수 있었답니다.

"이젠 가물어도 물 걱정은 안 해도 되니 이보다 더 좋을 수가 없어요. 정말 경사예요, 경사!"

언덕에 핀 버들강아지가 가지를 흔들며 말했어요. 그동안 친구가 없어 심심하던 터였지요. 물이 없으니 가지에 아무도 놀러 오는 친구가 없었거든요.

"그럼요, 경사고말고요. 이젠 새끼들도 마음대로 낳을 수 있으니 이곳이 저에게도 천국인걸요."

긴몰개(잉어과에 속하는 민물고기) 부부는 출산일이 가까워 어디다 알을 낳아야 하나 고민하였는데, 이제는 고민할 필요가 없었어요. 갈대숲이며 수초들이 주위를 에워싸, 물고기들이 마음 놓고 알을 품어 새끼를 안전하게 기를 수 있으니까요.

그동안은 물총새가 호시탐탐 긴몰개의 알을 몰래 훔쳐 먹으려고 엿보고 있어 여간 신경이 쓰이지 않았거든요.

남천은 이런저런 이야기를 듣고 있으면, 시간 가는 줄 모르고 하루하루가 즐겁답니다.

오늘은 은어 가족 이야기를 넋을 잃고 듣고 있지 뭐예요.

"어머, 이렇게 아름다운 곳이 있다니! 우리는 여기다 짐을 꾸려야겠어요."

무리를 지어 다니는 은어 엄마가 긴 지느러미로 수영을 하듯 물살을 헤치며 말했어요.

"어멈아, 그렇게 좋으냐? 애들처럼…. 나도 이곳이 퍽 맘에 드는구나!"

"네, 어머니. 조용하고 무엇보다 성주골에서 내려오는 이 맑은 물을 여기가 아니면 어디서 또 먹고 살겠어요."

그동안은 할머니 은어와 엄마 은어가 집안의 살림을 서로 꾸려 나갔겠다며, 주도권을 잡으려고 눈치를 보던 중이거든요. 그래서 할머니 은어는 이곳으로 이사를 오면 엄마 은어인 며느리에게 모든 것을 넘겨주려고 결심하였어요.

그런데 희한하게도 이곳에 온 엄마 은어는 주도권보다는 다른 것에 관심을 더 보였어요.

"어머니, 전 살림에 관심이 없어졌어요. 이렇게 아름다운 곳에 와 보니 저도 제 일을 하고 싶어요."

엄마 은어는 할머니 은어에게 말했어요.

"얘, 어멈아, 그게 무슨 말이냐? 이 일을 하고 싶다고 하지 않았니?"

할머니 은어는 의아해하며 믿어지지 않은 듯 말하였어요. 그러자,

"예전처럼 살림은 어머님께서 맡아 주세요. 저는 아범과 같이 우리 은어 가족이 안전하게 지낼 수 있도록 지키는 일을 해야겠어요."

"맘이 바뀌면 언제든지 말하려무나."

"네. 어머님."

중간에서 난처했던 아빠 은어는,

"고맙소. 내 우리 가족을 위해 더 열심히 살리다."

이곳으로 오면 엄마 은어가 살림을 꾸려 가기로 할머니 은어와

약속이 되어 있었지요. 할머니 은어도 그동안 해 왔던 살림을 며느리에게 넘겨주려니 조금은 허전하였어요. 그 마음을 엄마 은어가 알아차려, 예전처럼 할머니 은어가 살림을 맡게 하였어요.

시골에서 가족만 지낼 때는 전혀 생각지도 못한 일이었는데, 이곳으로 와 보니 먼저 자리를 잡은 은어 가족들의 텃세가 만만찮았어요.

소문을 듣고 하나둘 모여든 은어들의 습성이 다양하다는 것을 처음 알게 되었어요.

같은 은어처럼 보이지만, 그들은 철저한 집단생활을 하지요. 눈치가 빠른 엄마 은어가 헤엄치듯 노는 척, 분위기를 살폈지요. 그때 경계하는 은어를 보았으니 망정이지, 자칫하면 가족들이 위험에 빠질지도 모른다는 생각이 들었어요.

할머니 은어도 심상치 않은 분위기를 느꼈어요.

"아범아! 이곳은 보아하니 예전에 우리가 살던 시골과는 달리 경쟁이 치열한 것 같구나. 무리를 이끌려면 힘이 들겠지만, 항상 긴장을 늦추지 말아라."

"네, 어머니."

아무것도 모르는 아기 은어는,

"아빠, 저는 이곳이 너무 좋아요. 우리 오래도록 여기서 살아요!

친구들도 많이 사귀며 친하게 놀고 싶어요."

"그래! 그렇게 하려무나."

아빠 은어는 아기 은어를 보며 하하하 웃으셨지요.

은어 가족은 편안하게 살 집을 찾아다니느라 너무 지쳐서 일찍 잠자리에 들었어요.

다음 날 오후, 학교에서 돌아온 마을 아이들이 더운지 멱을 감으러 남천으로 뛰어들었어요.

깜짝 놀란 은어 가족들은 빠르게 바위틈으로 몸을 숨겼어요. 꺽지와 긴몰개도 덩달아 숨었어요.

"와, 물고기다!"

아이들은 남천의 소식을 듣고 모여들기 시작하였어요. 마땅한 놀이터가 없던 아이들에겐 남천은 놀이동산과 같았지요.

꺽지는 가끔 심술을 부리는데요. 아이들이 물고기를 잡겠다고 바위틈으로 손을 넣으면 '톡' 쏘곤 하지요.

"아얏! 꺽지, 이 녀석!"

오늘도 석이가 손가락을 쏘였나 봐요. 화가 난 석이는 꺽지가 숨은 돌멩이를 발로 두어 번 흔들었어요.

깜짝 놀란 꺽지는 미안한 표정을 지으며,

"석아, 미안해. 많이 아팠어?"

장난을 좋아하는 꺽지의 성향을 알기에 석이는 금방 화를 풉니다. 남천은 하루하루가 이렇듯 정겹지요.

아이들은 피라미와 송사리를 잡겠다며 두 손을 물속에서 쥐었다 폈다 정신없이 놀았어요. 그것을 본 해님은 아이들이 신나게 놀 수 있게 햇빛을 내려 주었어요.

한참을 논 아이들은 커다란 바위 위에 벌렁 눕습니다. 이 틈을 타, 숨어 있던 은어 가족과 긴몰개, 꺽지는 또 신나게 놀아요.

"은어 아저씨, 반가워요! 아저씨도 이사 오셨어요?"

작은 바위에 앉아 있던 왜가리가 은어 아빠를 보며 말했어요.

"응, 왜가리야, 반갑구나! 이곳은 정말 아름다운 곳이야. 양식도 풍부하고 우리 가족이 지내기에 딱 좋은걸. 우리 아이들이 건강하게 쑥쑥 자라겠어. 도심 가운데 이렇게 좋은 곳이 있다니 정말 놀라워…."

왜가리의 가족도 갈대숲을 헤치며 신나게 놀아요.

남천은 하루하루가 정말 행복하였어요. 어머니가 괜한 걱정을 한다는 생각이 들 정도였으니까요.

아이들이 지나가다 손을 흔들자, 나리꽃이 언제 피었는지 방긋방긋 실웃음을 지어요. 민들레도 노란 꽃대를 세우며 나비를 보며 손짓합니다.

어느새 남천은 가을을 맞이하였어요. 긴 여름을 보낸 남천은 마음의 여유가 생겼어요.

남천은 여름 내내 정들었던 친구를 떠나보내고 나니, 마음이 허전하였어요. 마치 부모가 먼 길로 자식을 떠나보내는 것처럼 가슴이 아렸지요.

“남천아!”

은어 아저씨가 남천을 부릅니다.

“네, 은어 아저씨.”

“그동안 정이 많이 들어서 보내기가 힘든가 보구나! 내년이면 다시 이곳을 찾아올 거야. 우리가 곁에 있잖니!”

“은어 아저씨, 정말 그럴까요?”

“당연하지. 어떻게 이곳을 잊을 수 있겠니?”

은어 아빠는 남천을 위로해 주었어요. 그러고는,

“그게 부모의 마음이란다. 보아라! 어딜 가든지 무탈하길 바라는 마음. 우리 남천이는 우리의 보호자인걸.”

“은어 아저씨의 말씀을 듣고 보니 그런 것 같기도 하네요.”

둘은 마주 보며 한바탕 웃었어요. 그러자, 주위에 있는 꽃들도 활짝 웃으며 남천의 웃음꽃은 줄기를 따라 한없이 퍼져 나갔어요.

“은어 아저씨! 고맙습니다.”

날이 갈면 갈수록 남천은 더 거대한 천을 이루며, 만나고 헤어짐을 반복하며 행복하게 살고 있었어요.

그런데 세월이 흘러, 남천에도 큰 변화가 생겼어요.

이곳이 살기 좋기로 소문이 나자, 사람들의 움직임이 예사롭지 않았어요. 남천 주위로 건물이 하나둘 들어서기 시작하더니, 삽시간에 고층 건물이 생겨 하늘을 마음 놓고 볼 수 없었어요.

조금 지나니 공장들이 들어서고, 미처 걸러 내리지 못한 폐수가 남천으로 흘러들었지요. 그때부터 남천은 몸살을 앓기 시작하였

어요.

"제발, 이러지 마세요! 이러면 제가 아프단 말이에요! 모두가 병이 들어 죽게 되잖아요!"

남천은 잠도 못 이루며 남천을 지키려 하였지요.

은어 아저씨가 다급한 목소리로 남천을 부르며 말했어요.

"남천아! 우리와 정도 들고 정말 떠나기 싫다만, 어쩔 수가 없구나! 이대로 더 있다가는 가족들이 모두 죽게 생겼어!"

날이 채 밝기도 전에, 은어 아저씨는 남천을 찾아와서 인사를 하고 떠났어요.

"어머니, 저는 어떡하면 좋아요? 제발 도와주세요! 친구들이 하나둘 다 떠나려 해요."

남천은 어떻게든 이곳을 살리려 하였어요. 시간이 흐를수록 처음 어머니께서 하신 말씀이 생각나서 무서웠어요. 정말 생명수가 아프면 아무도 살 수 없으니까요.

남천의 애타는 목소리에 어머니는 더 깨끗하고 맑은 물을 내리려고 온갖 애를 썼지요. 남천도 부지런히 건강을 되찾으려 노력하였어요.

그런데, 소문을 듣고 들어온 사람들은 서로 자기 욕심에 남천의 건강은 생각지도 않았어요. 한 해 두 해를 거쳐 시름시름 앓더니 남천은 도심을 지날수록 병은 깊어만 갔어요.

남천이 병에 드니, 발길이 뚝 끊겼어요. 그렇게 아이들에게 인기 좋은 놀이터였는데, 그것마저도 외면되어 순식간에 오염 하천으로 변해 버렸어요.

남천은 정말 슬펐어요. 해님을 볼 기운조차도 없었으니까요. 그래도 희망을 잃지 않은 남천은 꼭 예전의 모습으로 되돌아가리라 다짐하였지요.

아무도 찾아오는 이가 없었지만, 밤낮으로 환하게 비추며 달님과 해님은 희망을 안고 남천을 위로했어요.

남천은 두 번 다시는 가을을 생각하고 싶지 않았어요.

갯벌에서 엉금엉금 기어 다니는 참게도 사라지고, 일급수에서 생식한다는 은어 가족도 더는 못 살겠다며 떠난 지 오래지요. 꺽지와 긴몰개도 은어 가족이 떠나고 나니 어디론가 훌쩍 떠났어요. 왜가리 가족도 흰백로도 남천에서 도저히 살 수 없다며, 고래고래 소리치며 날아가 버렸지요.

남천과 오래도록 정이 든 왜가리는 그동안 많이 자라 어른이 되어 갔어요. 가족이 모두 떠난 후에야 남천을 보며,

"남천아, 혼자 두고 떠나서 미안하구나! 꼭 건강을 되찾아야 해!"

왜가리는 정말 남천이 걱정되어 발길이 떨어지지 않았어요.

"괜찮아. 왜가리 형! 꼭 다시 찾아와!"

지난봄, 왜가리 소년은 갯벌에서 위험에 처한 왜가리 소녀를 구해 주었어요. 올가을에 이곳에서 만나면 청혼을 하려고 손꼽아 기다렸는데, 남천이 병이 들어서 볼 수 없게 되었지요.

그때는 너무 어리고 용기가 없어, 좋아한다는 말을 못 하고 헤어지고 말았어요. 올가을에 만나면 꼭 하려 했는데, 남천이 아파서 만날 방법이 없네요.

그 후, 오염된 남천이 하루빨리 건강해지길 바라며, 가끔 이곳을 지날 때마다 왔다 가곤 하였지요. 왜가리 소녀를 만날 수 있지 않을까 하는 마음에 말이에요.

남천이 왜가리 소년을 보며,

"왜가리 형, 힘내세요! 저도 하루빨리 건강을 되찾을게요. 반드시 왜가리 소녀를 만날 수 있게 해 줄게요."

라고 위로의 말을 건네곤 하지요.

남천이 병에 들자, 생태계에 비상이 걸렸어요. 여기저기서 남천을 살려야 한다는 목소리가 흘러나왔어요.

시간이 흐를수록 남천은 회복하기가 점점 힘들었어요. 하염없이 눈물만 흘러내렸지요.

남천이 지쳐 잠든 사이, 갈대 아주머니가 기쁜 소식을 들었지 뭐예요. 환경단체의 도움으로 생태하천복원 사업을 한다는 말이

돌았거든요.

남천은 그 말을 듣자 뛸 듯이 기뻤어요. 남천은 다시 건강을 회복할 수 있다는 생각이 들었지요.

지나가는 사람들마다 안타까워,

"어쩌다가 저렇게 아름다운 천을 병들게 하였을꼬?"

"그러게요. 하천이 숨을 쉬어야 사람도 건강하게 살 수 있지요. 하루빨리 생태계가 살 수 있는 천으로 만듭시다."

"그래, 그럽시다."

자신들의 부주의로 오염 하천이 되어 버린 남천을 보며 몇몇 사람들은 안타까워했지만, 여전히 비만 오면 남천으로 폐수를 흘려버리는 사람들도 간혹 있었어요.

여기저기서 남천을 살리자는 목소리가 커지고 환경을 보호하는 사람들과 지자체의 끈질긴 노력으로 드디어 남천은 조금씩 건강을 되찾았지요.

남천이 건강을 회복하기 위해서는 많은 시간과 노력이 필요했어요.

어느새, 일 년이 지나고, 이 년, 삼 년…, 십 년이 지났어요.

하나둘, 고향을 떠난 친구들이 다시 모여들기 시작하였어요. 새로워진 남천은 예전과는 다르게 철저하게 보호되어, 다시 웃음을 찾게 되었답니다.

남천은 건강을 되찾게 되자, 왜가리 소년이 하루빨리 오길 손꼽아 기다렸어요.

거짓말처럼 왜가리 소년이 의젓한 청년이 되어 찾아왔어요. 제일 먼저 와서 인사를 해 주었지요.

"남천아!"

"왜가리 형!"

둘은 얼싸안고 기뻐서 깡충깡충 뛰었어요.

왜가리 형을 생각하면 지난날이 떠올라 남천의 마음이 무거웠어요. 남천이 병들게 되어 왜가리 소년이 십여 년간 왜가리 처녀를 찾아다녔지만, 찾을 수가 없었다네요.

그런데, 남천이 건강하다는 소식을 듣고, 왜가리 떼들이 몰려들었어요. 왜가리 소년도 제일 먼저 안전한 곳의 소나무에 둥지를 틀었지요. 왜가리 소녀를 기다리며 말이에요.

"어서 오렴. 아직도 왜가리 소녀를 못 만났구나!"

힘없이 돌아온 왜가리 소년을 보며 할아버지 소나무가 말했어요.

"네, 소나무 할아버지."

"너무 실망하지 말아라. 올해는 꼭 만날 수 있을 테니까!"

소나무 할아버지는 왜가리 소년을 보며 위로하였어요.

그래서인지 정말 반가운 소식이 들렸어요. 이곳을 찾아온 왜가리 소녀를 만났다는 소식을 댕기물떼새가 알려 준 것이지요.

남천이 왜가리 부부의 추억담을 떠올리며 입가에 미소를 지었어요. 곧 있으면 찾아올 왜가리 가족을 남천은 기다립니다. 남천의 마음을 알았는지, 갈대도 더 풍성한 잎을 피우며 왜가리 가족을 기다렸어요.

며칠 후, 왜가리는 가족을 데리고 남천을 찾았어요.

"얘들아, 엄마 아빠는 온 나라를 다녀 보았지만, 이곳만큼 평화롭고 아름다운 곳은 보지 못하였구나!"

아빠 왜가리는 아이들을 보며 오래전 엄마와의 추억담을 들려주느라 그리움에 젖지요.

“엄마, 아빠가 들려주신 이야기가 정말이세요?”

아기 왜가리는 신기하여 엄마를 보며 말했어요.

엄마 왜가리는 고개를 끄덕이며,

“밀물 때 바닷물이 들어오고 썰물 때 조간대가 드러나는 아주 드문 곳이지. 아빠를 이곳에서 처음 만났단다.”

엄마 왜가리는 아빠 왜가리를 바라보며,

"엄마가 신나게 놀고 있었어. 가족들이 갑자기 밀물이 밀려온다며 피하라고 하는 소리를 듣지 못했던 거야. 태어나서 처음 온 여행이라 모든 것이 새로웠거든. 처음엔 할머니 곁에서 놀았는데 정신없이 놀다 보니, 갯벌 깊숙한 곳에까지 갔지 뭐야."

아기 왜가리들은 귀를 쫑긋 세웠어요. 엄마 왜가리는 지금 생각해도 놀라운지 눈시울을 적시었어요.

"놀라서 둘러보니 다른 가족들은 다 날아오르고 아무도 없었어. 순간 발을 헛디뎌 갯벌에 빠지고 말았지 뭐야. 엄마만 빠져나올 수가 없었어. 그때 너희들 나이였으니까. 어려서 갯벌을 거니는 요령이 없었던 거야. 그때 아빠가 엄마를 구해 주었지."

"아, 그래서 아빠가 저희에게 갯벌에 빠졌을 때를 대비해 훈련을 시켰군요!"

첫째 왜가리가 말했어요.

아기 왜가리들은 기뻐서 아빠 왜가리를 보며 손뼉을 쳤어요.

"아빠도 어렸을 텐데, 어떻게 엄마를 구한 거예요?"

셋째 왜가리가 아빠의 용기가 엄마를 구했다는 생각에 궁금하였어요.

"응, 아빠는 엄마보다는 세상 경험을 조금 더 하였지. 할아버지가 방법을 가르쳐 주셨단다. 진흙탕에서 발을 빼려고 바둥거리면 깊게 빠져들어서 더 위험해. 그때는 뒤로 드러누워 헤엄치듯 나와야 해."

"와, 우리 아빠 최고예요!"

둘째 아기 왜가리가 말했어요.

"아빠는 엄마를 구해야겠다는 생각에 평소에 연습해 오던 것처럼 똑같이 해 보았지. 그랬더니 늪에서 빠져나와 가족 품으로 데려다줄 수 있었어."

아기 왜가리들은 아빠의 용기에 감동하였지요.

"엄마를 가족 품에 데려다주었는데, 인사를 한 그 후론 만날 수가 없었어. 이곳이 살기 좋다는 이야기가 세계로 퍼져 곳곳에서 다 모여들었거든."

막내 왜가리는 훌쩍훌쩍 울고 있었어요. 엄마 아빠가 만날 수 없었단 말이 슬펐지요.

"아빠! 왜 엄마를 만날 수 없었어요?"

"응, 아빠는 엄마를 찾으려고 해마다 죽음을 무릅쓰고 찾았지만, 엄마는 오지 않았거든. 먹을 양식이 없었으니까…."

"엄마는 이곳을 한 번도 찾지 않으셨어요?"

셋째 아기 왜가리가 말했어요.

"응, 엄마는 그 후로 갯벌엔 들어가지 않았단다. 그날의 충격 때문이지. 우연히 이곳을 지나가는 길에 아빠 생각이 나서 잠깐 들렀는데, 예전처럼 환경이 좋아졌지 뭐니. 그래서 아빠를 다시 만날 수 있었어. 갈대꽃이 하얗게 핀 가을날에 말이야."

엄마 왜가리는 아빠 왜가리가 참 고마웠어요.

옆 마을에 사는 다빈이가 남천으로 놀러 왔어요. 왜가리를 보며 그림을 그리기 위해서지요.

왜가리 가족은 다빈이를 보며, 반갑다고 손을 흔듭니다.

늘 같이 산책하던 세빈이의 모습이 보이지 않자, 남천은 걱정이 되어 물었어요.

"다빈아! 세빈이는 보이지 않는구나. 아픈 건 아니지?"

"네, 아저씨! 아빠와 함께 자전거를 타고 와 여기엔 올 수 없었어요."

"다빈아, 고맙구나! 너희들이 이렇게 나를 지켜 주니 말이야."

남천은 하루에도 수많은 사람을 맞이하느라 정신이 없지요.

물속에서 꺽지가 바위틈에서 고개를 쑥 내밀었다 감추고, 꼬리를 파닥거리며 다빈이를 보며 놀재요.

반세기 만에 고향을 떠났던 은어 가족이 남천을 보며 반가워 인사를 합니다.

송사리 떼도 무리를 지어 시원하게 물속을 가르며 놀지요. 꺽지와 긴몰개도 언제 왔는지 자리를 잡고 살지요.

"엄마, 우리는 정말 이곳으로 이사를 잘 왔어요. 이웃도 참 잘 만났지 뭐예요. 경치도 너무 좋아요! 냇가에 가서 발 담그고 놀고 싶지만, 물고기가 놀랄까 봐 참을래요."

다빈이의 말에 미소를 보이던 어머니는,

"지난여름에 비가 내려서 그런지 천이 매우 깨끗하구나! 이렇게 가까운 곳에 자연의 소리를 들을 수 있다니…."

"엄마, 저기 좀 보세요! 쇠백로 가족인가 봐요."

"정말 그런가 봐. 화목한 가족이네!"

"엄마, 봄에는 각색의 꽃향기가 향수를 뿌리고, 여름이면 시원하게 흐르는 남천의 품에서 물장구도 치고, 올가을도 아주 멋질 것 같은 예감이 들어요."

다빈이는 스케치북에다 남천에서 만난 친구들을 그렸어요. 물론 왜가리의 이야기도 그렸지요.

저 멀리서 다빈이를 보며 아빠와 세빈이는 손을 흔들며 반깁니다. 다빈이의 가을은 스케치북 속 그림처럼 아름답고 즐겁습니다.